Histórias de uma grande família

Largue tudo, venha ler e se divertir

Rick Arantes
Prefácio de Augusto Cury

Histórias de uma grande família

Largue tudo, venha ler e se divertir

© 2019, Companhia Editora Nacional.
© 2019, Rick Arantes.
Todos os direitos reservados. Nenhuma parte desta obra pode ser reproduzida ou transmitida por qualquer forma ou meio eletrônico, inclusive fotocópia, gravação ou sistema de armazenagem e recuperação de informação.

Diretor-presidente: Jorge Yunes
Diretora editorial: Soraia Luana Reis
Editor: Alexandre Staut
Assistência editorial: Chiara Mikalauskas Provenza
Revisão: Priscila Mayer, Renata Del Nero e Vivian Miwa Matsushita
Coordenação de arte: Juliana Ida
Projeto gráfico de capa e miolo: Isadora Theodoro Rodrigues
Ilustrações de miolo e capa: Rafael Pereira
Caricaturas da capa criadas a partir de acervo pessoal do autor e do aplicativo *MomentCam*

1ª edição - São Paulo

CIP-BRASIL. CATALOGAÇÃO NA PUBLICAÇÃO
SINDICATO NACIONAL DOS EDITORES DE LIVROS, RJ

A684h

Arantes, Rick
  Histórias de uma grande família : largue tudo, venha ler e se divertir / Rick Arantes; [ilustração Rafael Pereira]. - 1. ed. - Barueri [SP]: Companhia Editora Nacional, 2019.

  248 p. : il. ; 21 cm.

  ISBN 9788504020953

  1. Crônicas brasileiras. I. Pereira, Rafael. II. Título.

19-55346
                                    CDD: 869.8
                                    CDU: 82-94(81)

Leandra Felix da Cruz - Bibliotecária - CRB-7/6135

14/02/2019   21/02/2019

Rua Gomes de Carvalho, 1306, 11º andar, conjunto 112 – Vila Olímpia
São Paulo – SP – 04547-005 – Brasil – Tel.: (11) 2799-7799
www.editoranacional.com.br – marketing.nacional@ibep-nacional.com.br

Agradeço a Deus por todas as coisas que aconteceram na minha vida, das mais simples as mais inusitadas. Pela saúde, pelo dia de hoje, pela comida na minha mesa, mas principalmente por ter me dado de presente nessa vida uma linda, grande e admirável família, como diria o Pedro, meu filho, uma família "invejável".

Ju, Jampa, Di, Pedro, Manô e Dri, muito obrigado meus amores por me aguentarem nos dias bons e de risadas, mas principalmente por me aturarem nos dias cinzas em que tudo parece sem graça.

Obrigado ao meu grande amigo Augusto Cury que, além de ser meu grande incentivador ajudando na organização dos textos, me deu a honra de escrever o prefácio.

Obrigado ao meu amigo Jorge Yunes, que também se deliciou com as minhas histórias e conseguiu materializar o meu sonho nessas próximas páginas.

Obrigado a todos os amigos que de alguma forma influenciaram as histórias aqui contadas, seja como participantes, seja como meros espectadores e incentivadores das minhas atuações quando exaustivamente as conto e as interpreto.

Sumário

Prefácio — 9
Introdução — 11

Multidão familiar — 15
A comadre vai para o céu — 21
Até que a morte nos separe — 29
Respiração cachorrinho — 37
Meia porção — 45
Não é não! — 51
Criando filhos invejáveis — 55
O albergue dos Arantes — 59
Até onde vocês querem ir? — 65
Vasectomia já — 71
Boa noite — 79
Ser e ter o seu anjo — 83
Cocô na serra — 87
Não seja você o bicho-papão — 97
Almoço ou tsunami — 101
Geração da maçã — 109
Guerra e paz em família — 113
Porta aberta — 117
Começando as férias com o pé esquerdo — 121

Jingle bells	133
Lotação TRICOLOR	139
Rodas da liberdade	145
L'amitié	151
Semana infernal	157
Reflexões da meia-idade	165
Será que mulher não sabe?	175
São Paulo x São Pedro	181
Psiu!	187
Sítio Beira Rio	195
O Ministério da Saúde adverte: Se beber, não jogue a sogra dentro d'água!	201
Quem tem nove, para que precisa de dez?	207
Sopapo Futebol Clube	215
O bê-á-bá do amanhã	221
Flores antes de uma primavera	225
Tornando-se um adulto	235
Epílogo	243

Prefácio

Somos todos meninos que andam no traçado do tempo em busca de nós mesmos, tentando entender nossa complexa existência. Temos uma mente insondável que produz o espetáculo da consciência e nos torna *Homo sapiens*, seres pensantes, portadores da vida. Mas o que é a vida?

Vivemos numa sociedade ansiosa, doente, na qual frequentemente jovens e adultos detestam o tédio e rejeitam a solidão criativa. Não sabem se interiorizar, se repensar nem aplaudir as pequenas coisas, jubilar com os simples olhares, se encantar com os diminutos diálogos, admirar os afetos singelos. Eles viajam de carro e avião, mas não sabem viajar para dentro de si mesmos. Estão encarcerados por dentro!

Cegos e mentalmente entorpecidos pelo sistema social, pelo consumismo e pela intoxicação digital, parece que não entendem que a vida é tremendamente rápida para ser vivida, mas dramaticamente longa para se errar. E erramos em demasia, em destaque conosco, por valorizar o irrelevante e minimizar o essencial. As coisas simples e vitais da vida!

Por tudo o que descrevi, pense num livro com histórias agradáveis, com personagens típicos, em situações embaraçosas, líricas, dramáticas, relaxantes e interessantes. Pense num livro também que tenha histórias reais, contadas com pitadas de humor, e que foram vividas ao longo de décadas. Pense no livro do Rick Arantes. Um livro que não tem grandes pretensões literárias, mas grande pretensão existencial. Simplesmente levar você a ser simples!

Augusto Cury
Autor, psiquiatra mais lido do planeta atualmente

Introdução

Quando eu decidi escrever este livro, não sabia muito bem qual seria o gênero ao qual ele pertenceria, apesar de não me importar muito com essa questão. A verdade é que tentei me encaixar em uma zona de conforto, a qual me deixasse mais à vontade durante a minha jornada de escritor iniciante.

Minha esposa sempre disse que sou "fogo de palha". Sabe aquele tipo de pessoa que começa alguma coisa e nunca termina? Pois bem! Eu sou assim... Aconteceu com a natação inúmeras vezes. E com a ginástica? Várias vezes parei. Quantas foram as vezes que me matriculei e nem apareci na academia? E o aeromodelismo? Isso também ocorreu com vários livros que peguei para ler. Por diversas vezes me detive olhando as páginas dos mesmos, amarelando ao lado da cabeceira da cama. Nunca fui um leitor assíduo, gosto de ler, mas sempre caio no mesmo lugar, os livros ficam apenas contemplando o meu passar. Por diversas vezes, por horas me dediquei à escolha dos mais variados assuntos nas livrarias que gostava de frequentar. Organizei meu horário para que a leitura fizesse parte da minha vida. Apesar de me dedicar e priorizar os temas que mais me interessam, muitos dos livros que comprei ainda permanecem intactos em minha biblioteca.

Voltando à vaca fria... você reparou como sou despido de formalidades no escrever? Quem me conhece pessoalmente, sabe que também sou assim no falar. Vamos ao que interessa, a vaca fria. Sempre fui um contador de causos e histórias, sou um entusiasta, quando me empolgo, segundo minha mãe, falo muito alto. Adoro florear as histórias, ou melhor, florear, não! Recheá-las de detalhes, para que possam ficar mais interessantes. É uma pena que você, leitor, não tenha a oportunidade de ouvir algumas delas aqui descritas sendo contadas oralmente por mim. Com minha alta e contundente voz elas ficam muito mais... empolgantes, acho que você iria gostar! As histórias que conto, vão desde pequenos contos do dia a dia de uma família convencional a crônicas esdrúxulas de uma família muito grande.

Sou uma pessoa feliz e creio que por essa razão me identifico muito com as crônicas, além do fato de eu não ter muito o hábito de terminar o que começo. Uma crônica é fácil de terminar de ler. É a leitura ideal para se ler "ao trono". Ela é curtinha e sempre nos deixa com vontade de ler mais uma, além de nos divertir e de alegrar a nossa alma. Muitas das histórias aqui contadas talvez nem sejam crônicas, mas sim contos, porém todas elas têm o mesmo propósito: prender a sua atenção, nem que seja por míseras duas páginas.

Para você se situar, e fazermos essa viagem juntos, é importante que conheça os seus personagens. Sou de uma família do interior. Meu pai é de Uberaba, Minas Gerais, e minha mãe é de Araçatuba, São Paulo. Meus pais sempre brincaram com a questão de terem nascido em cidades do interior dos estados. Minha mãe sempre implicava com meu pai quando este dizia que ela também era "*jacu*" igualzinha a ele, mesmo sendo minha mãe mais "refinada".

Meus avós, paternos e maternos, descenderam de famílias que trabalharam no campo. Sempre tive orgulho dessa minha origem e de ter terra por debaixo das unhas. Embora o meu pai achasse o termo "fazendeiro" pejorativo, como se fosse relativo a uma pessoa de baixa escolaridade ou sem modos, com linguajar arrastado e "caipira". Apesar de que, outrora, o termo era bem-visto pelas pessoas.

Meu pai, João Arantes Junior, era um fazendeiro daqueles atrasados, entretanto ele era um visionário, à frente de seu tempo. Foi um empreendedor como poucos, poderia ser comparado a um bandeirante da época de Cabral. Na década de 1970, resolveu vender tudo o que tinha no interior de São Paulo e foi galgar novos desafios em novas fronteiras. Comprou áreas de terra nos estados de Rondônia, Mato Grosso e Acre. Quando ninguém acreditava na região, ele apostou todas as suas fichas e ganhou. Papai faleceu em 2003, com apenas 63 anos de idade, por conta de um câncer que o fez lutar por longos e dolorosos sete anos.

Minha mãe é um ser de outro planeta. Um daqueles que vêm à Terra simplesmente para semear o bem e trazer a paz, um verdadeiro anjo. Eliana Arantes sempre foi o meu porto seguro, minha maior confidente, companheira nas conquistas e nas encruzilhadas da vida. Hoje está com 72 anos de idade e sofre de mal de Alzheimer. Essa doença é terrível, alterou minha relação com minha amada mãe.

Tenho dois irmãos, Paula dois anos mais velha do que eu e o Neto, o caçula, que apesar de ter quatro anos a menos que eu, parece "bem" mais velho. Ele fica bravo quando as pessoas perguntam a nossa idade.

Sou casado há 24 anos, em 21 de outubro de 1994, casei com uma mulher perfeita, a Juliana, que chamo carinhosamente de Ju. Atrevo-me a utilizar esse adjetivo para ela, pois até hoje nunca conheci alguém que não dissesse o mesmo sobre minha esposa. Além de ser casada comigo por todo esse tempo — que não é lá uma tarefa muito fácil —, ela foi minha companheira e cúmplice em todos os momentos ásperos e felizes dessa nossa árdua tarefa de construir uma grande e incrível família com cinco filhos.

Este livro está recheado de outros personagens que participaram ou participam ativamente da minha vida e da de minha família. Todos, absolutamente todos, têm igual importância em nossas vidas, e muitos deles irão se deliciar e gargalhar relembrando das histórias vividas ou já contadas por mim. Espero poder colocar você, leitor, como carona em algumas situações ou simplesmente transformá-lo num espectador das divertidas situações de uma família desse tamanho.

Seja bem-vindo às aventuras inigualáveis da família Arantes! A diversão é garantida!

Multidão familiar

Dengue, gripe aviária e até suína.
   Vivemos num mundo inimaginável de padrões distorcidos e valores invertidos. Eu e minha esposa fazemos parte de uma minoria de casais que ainda dão importância para instituições e sentimentos que realmente fazem toda a diferença. Pertencemos a um seleto grupo de pessoas que não tem simplesmente um único filho, muito menos um casal de filhos, ou três... isto faz parte de um passado muito distante na minha família. E, você deve estar pensando, "Esse louco não tem quatro filhos... Principalmente nos dias de hoje". Não! Eu não tenho quatro filhos, mas sim uma pequena multidão de cinco. E, se a sua próxima pergunta é, são gêmeos? A resposta é não, não temos filhos gêmeos. Também não os temos por motivos religiosos. E o mais importante de tudo é que todos são filhos da mesma mulher. O que nos dias de hoje realmente é o mais impressionante. Quem,

em sã consciência, nos dias atuais, seria capaz de querer tamanhas responsabilidade e preocupação?

Nós! Ju e eu, somos "aliens" em uma sociedade moderna e corrida. Em uma sociedade que não tem tempo para mais nada, na qual as famílias não conversam mais sobre os seus dias. Simplesmente digitam nos smartphones. Não escrevem mais cartas, mandam e-mails corridos. Entretanto, somos um casal que acredita que ainda temos tempo para amar, para beijar e para chorar. Nós acreditamos que levar e buscar os filhos na escola pode fazer toda a diferença na vida deles. O simples fato de estarmos torcendo pelos nossos filhos à beira do alambrado numa inocente partida de futebol pode fazer com que eles se sintam verdadeiros campeões. A alegria de desfrutar de uma refeição na mesma mesa dos Arantes não tem preço. Muitas vozes, alguns lamentos, várias risadas e a certeza de que tudo isso vale a pena.

Nós acreditamos que podemos criar seres humanos dignos, crianças capazes de terem consciências limpas e serem formadoras de uma nova era: uma era em que a família seja parte importante da nossa sociedade.

Eu, Ricardo Arantes, ou simplesmente Rick, casado há 24 anos com a mesma mulher, a Ju, que também está há 24 anos casada comigo, somos os pais de uma grande e linda turma. Apresento agora a vocês a nossa trupe familiar. O Jampa, de 21 anos, o Diego, de dezenove anos, o Pedro, de desessete anos, a Manô, de quinze anos, e o motivo do aumento dos meus cabelos brancos: o Adriano, de doze anos.

Vamos começar pelo João Paulo, o mais velho. Jampa, foi o que mais sofreu, recebeu a maior carga de responsabilidades. Foi ele quem desbravou os caminhos para os irmãos que chegaram depois. Em contrapartida, carrega as regalias de um primogênito, é o mais mimado e quase sempre suas vontades prevalecem. Eu disse "quase sempre".

O segundo a chegar à família, em 1998, foi o Diego. Di, como é conhecido, teve uma vida um pouco mais fácil, apesar de precisar disputar um lugar ao sol por muito tempo. Ser o segundo filho não foi simples para ele, mas quando percebeu que tinha espaço para todos na família, deixou de lado os detalhes e as futilidades e seguiu em frente. Di é o gênio da família. Quieto, mas sempre pronto para dar sua opinião com muito bom senso, até mesmo melhor do que o meu.

O Pedro é o terceiro filho, também é conhecido como Nino. Sempre foi muito maduro. Talvez por ter dois irmãos mais velhos, precisou amadurecer muito rápido. Tem como características a sagacidade e a ironia, que estão presentes em seus comentários. É um cara de tiradas inteligentes. Líder, capitão do time da escola, descolado e amigo muito fiel.

A quarta a chegar foi a Manoela, ou simplesmente Manô, é a princesa da casa. Imperatriz dos Arantes, ela é a responsável por quase todas as vontades do Jampa serem feitas. Desde que não se sobreponham às dela, é claro! Esta sim foi e é muito mimada, principalmente por mim. Talvez sejam seus olhos azuis hipnotizantes ou seu sorriso eterno. Está sempre de bom humor, as poucas lágrimas que a vi derramar foram de alegria. Não tem como não se apaixonar por ela.

Por último, recebemos como presente Adriano, o nosso Dri, a raspa do tacho, o caçula. Seja lá como o chamamos, ele é motivo de muitas alegrias e também de muitas confusões entre os irmãos. Mesmo tendo dez anos de diferença em relação ao Jampa, é o que mais entra em atrito com ele. Apertado e empurrado por todos, ele é um verdadeiro sobrevivente. O cara que briga pelo último bife da mesa é o mais sensível de todos. Suas lágrimas são fáceis, seu coração é do tamanho de sua família. Essa sua característica o diferenciará dos demais por toda a sua vida.

Um detalhe interessante é o nome de família dos meus primeiros quatro filhos. Eles trazem Yazigi da Ju e Arantes meu. Como é convencional, colocamos o sobrenome da mãe em primeiro lugar e logo depois o do pai. Quando descobrimos que a Ju estava grávida do Dri, o nosso caçula, tive uma ideia. Meu sogro, Walid Yazigi, tem quatro filhas mulheres: Paula, Clô, Lu e Ju. Ele também tem somente irmãs mulheres, o que significa que na próxima geração não existiria mais nenhum Yazigi para manter a descendência dele. Dessa forma, resolvemos presenteá-lo invertendo a ordem dos nossos sobrenomes, caso tivéssemos um menino. Ele seria Arantes Yazigi, e não Yazigi Arantes, conforme a tradição. Assim foi feito e, segundo meu sogro, este foi um dos maiores presentes que ganhou. Junto com esse presente, coincidência ou não, Dri herdou alguns atributos que fazem parte do DNA dos Yazigi. Ele tem uma sensibilidade diferenciada e uma paixão pelas coisas minuciosas da vida, diferente dos irmãos. Ele tem interesse pela arquitetura e pela engenharia. Acredito que isso tenha vindo com o sobrenome.

Bem! Eis aqui nossa pequena multidão!

A partir de agora, você vai entrar no mundo divertido das aventuras, conquistas e algumas poucas frustrações da nossa grande família.

A comadre vai para o céu

Este é um daqueles "causos" de família que passam de geração para geração. Não o tenho bem claro na minha memória, mas escutei pela primeira vez do próprio autor, e não posso precisar o quanto é realidade e o quanto é ficção. Sou simplesmente o porta-voz para que esta história continue em nossa família por outras tantas gerações.

Meu avô João, era recém-casado e mudara-se para Uberaba. Lá num dos vértices do Triângulo Mineiro, onde ele pretendia formar e criar sua família. Minha avó Hilda, que para meu avô sempre foi "Hirda", estava se organizando e se situando na cidade.

Naquele tempo, lá para a década de 1930, as cidades do interior ainda eram bem interioranas mesmo, com galinheiro no fundo da casa e "casinha" para fazer as necessidades — que ficava afastada do poço, o qual, muitas vezes, era a fonte de água da casa. Várias vezes tomei banho no Tiradentes, que era um balde com uma improvisação de chuveiro no fundo.

Uma agradabilíssima vizinha, dona Clotilde, tão beata quanto minha avó, de bate-pronto apresentou-se e, como num passe de mágica, já era sua melhor amiga. Pelo menos ela se considerava assim. Naquele tempo, as fofocas entre vizinhas e companheiras de igreja eram muito comuns.

O tempo foi passando, e dona Clotilde tornou-se tão íntima quanto o joanete do pé esquerdo da vó Hilda. O que no começo era uma amizade bem-vinda para meu avô — pois ele passava a maior parte do tempo fora de casa trabalhando —, começou a ser um peso na convivência marital do casal recém-formado.

Não tinha uma vez que ele chegasse em casa cansado, sujo, e a dona Clotilde não estivesse à mesa com a vó Hilda, e sua paciência jônica, a falar mal dos outros ou lamentando-se de quão injusta a vida tinha sido com ela. O vô João, que nunca primou pela polidez, estava perto de ter um piripaque.

Os eventos pioraram com a morte do gentil e senil Waldemar, o senhor Clotilde. Um aposentado de um curtume local que mal tinha forças para se levantar daquela cadeira de balanço que ficara por muito tempo abandonada na varanda da casa. Detalhe: o Waldemar era surdo, portanto nunca fora o melhor ouvinte das lamentações de sua esposa. Coitada da vó Hilda.

As tardes ficaram muito mais longas para minha avó, assim como as noites para o vô João, obrigado a compartilhar a "janta" com a vizinha — que a essas alturas já se intitulava "comadre", apesar de nunca ter tido filhos.

As fofocas foram substituídas pelas lágrimas e lamentações de que nada dava certo para ela, e que o Waldemar não poderia ter ido embora.

— Qual é o sentido da vida para uma pobre e solitária viúva que nem filhos tem para ampará-la nesse momento tão difícil?

— Calma, Clotilde. Você tem que dar tempo ao tempo. Esse peso vai passar.

— Mas, comadre, veja, você é tão jovem, com um marido tão generoso que está sempre aqui para protegê-la. E eu aqui, sem ninguém. Acho que eu não deveria estar viva. Se eu pudesse, me matava hoje mesmo!

— Como assim, Clotilde? Não fale assim. Você ainda vai refazer sua vida.

Invariavelmente a amargura e a inveja tomavam conta do coração da dona Clotilde.

Durante os meses seguintes, todos os dias, o cafezinho da tarde tornou-se um martírio para todos, mas principalmente para meu não tão paciente avô.

— Agora chega, Hirda! Eu não aguento mais. Vou colocar um fim nessa história. Ela já fez da vida dela um inferno. Não irá fazer o mesmo com a nossa.

— Calma, João. Calma. O que você vai fazer?

— Então, ela num quer morrer? Eu vou dar uma ajudinha pra ela se encontrar com são Pedro.

Naquela época, as balas de revólver eram feitas pelo próprio usuário. Eu mesmo me lembro de meu avô montando suas balas, com mais pólvora, com mais chumbo...

Foi quando ele teve a brilhante ideia de encher algumas cápsulas somente com pólvora, que fariam um barulhão e seriam "inofensivas" para a dona Clotilde.

Chegou em casa no horário habitual e lá estava a Clotilde com o lenço entre as mãos, olhos lacrimosos e inchados, e minha avó com uma das mãos sobre seu ombro.

— Boa noite! Tudo bem? — perguntou como de costume o vô João.

— Olha, João, eu estava aqui falando com a Hilda. Minha vida não tem mais sentido mesmo. Agora, para piorar, o bico de papagaio está me atacando e acabando com minhas noites, que eram meu único momento de descanso! Se eu pudesse, poria um fim nisso agora mesmo.

— Como assim, comadre? Você está dizendo que, se pudesse, se mataria? É isso?

— Isso mesmo! O problema é que não sei como!

— Mas se você tivesse a oportunidade, teria coragem de se matar mesmo?

— Lógico que sim! Minha vida é um inferno na Terra!

— Pois, comadre, eu vou te dar uma mão. Pronto! Aqui está meu 38. Pode prosseguir. Eu e Hirda depois carregamos seu corpo.

Mais do que depressa o vô João pegou o revólver, que a essa altura reluzia e parecia muito mais frio e pesado do que realmente era.

— Vamos, Clotilde! Eu e Hirda vamos ficar de testemunha.

— Mas... mas... assim? Rápido? — gaguejou ela com um nó na garganta.

— Essa é a maneira mais rápida! Só que vai fazer uma sujeira aqui pra Hirda, e vai dar um trabalhão para limpar. Mas num tem problema, eu quero mesmo é pôr um fim no seu sofrimento!

— Veja bem, João, eu pensei em me despedir das pessoas.

— Mas você mesma disse que num tem ninguém, que ninguém liga pra você! Pelo visto só resta eu e a Hirda. Então, até mais! Nos encontramos lá em cima.

Com a agilidade de quem sabia operar aquela máquina, vô João sacou o 38 do coldre, o apontou na direção da cabeça da comadre a um palmo de distância, e disse:

— Eu já sei, comadre. Você está sem coragem. Num tem problema. Vou dar uma mãozinha e acabar logo com essa história.

BUUUUM!

Por conta do excesso de pólvora, o estampido foi muito maior do que de costume, e o pior: uma labareda de fogo cuspiu do cano do revólver e atingiu os olhos, os cílios e o cabelo encaracolado da comadre, que deve ter ficado cheirando a churrasquinho por pelo menos uns cinco dias.

Com o tiro, a Clotilde tombou com a cadeira para trás e, com a agilidade de um gato, da mesma maneira que ela bateu no chão, levantou-se e saiu correndo em direção à porta dos fundos, gritando e tentando apagar o fogo que, a essa altura, consumia os cabelos na lateral da orelha que estava zunindo como um enxame de abelhas.

— Ai, meu Deus! Socorro! Você é louco!

— Volta aqui, comadre. Quero te ajudar! Deixa eu terminar o serviço!

Vieram o segundo e o terceiro tiro. Mais duas labaredas de fogo, e minha avó tentando, inutilmente, segurar o vô João.

No quintal de casa, a vó Hilda tinha um milharal — dali vinham seu cural e sua pamonha. A Clotilde, desesperada pela sobrevivência, passou como um trator, deixando um rastro pela plantação.

Durante uns cinco meses nunca mais ninguém ouviu falar na comadre. A vó Hilda chegou a pensar que ela tinha morrido mesmo ou que tinha tomado coragem e se matado. Só ficou mais tranquila quando chegaram as fofocas e os boatos lá em "Berlândia" de que um louco tinha tentado matar uma pobre viúva com três tiros e que tinha errado por pouco, mas as marcas dos tiros que pegaram de raspão iriam ficar para sempre na pele da coitada.

Nunca me cansei de ouvir meu avô contar essa história. Nem da cara da Vó Hilda lembrando e acrescentando os detalhes dos olhos esbugalhados da comadre depois do primeiro tiro. Só sei que, daquele dia em diante, nenhuma beata teve interesse em prolongar os papos na casa do meu avô por mais tempo que duas xícaras de café ou três pães de queijo.

Até que a morte nos separe

Alguém poderia avisar ao noivo sobre como o tempo voa a partir do momento em que ele pede a mão da noiva em casamento. Você faz tantos planos, precisa resolver tantas coisas antes e, quando menos espera, já está lá. De pé. Com todos à sua frente esperando que as portas se abram e ela toda linda, de branco, entre.

Pelo menos foi assim comigo.

Num réveillon, resolvi tocar no assunto com a Ju.

— O que você acharia de passar o resto da vida comigo? Você quer se casar comigo?

A alegria contagiou todo mundo que estava naquela casa em Juquehy. Estávamos em uns doze casais das mais diferentes tribos e rodas de amigos. Todos nos cumprimentaram surpresos e tão felizes como nós.

Daí para a frente a impressão que eu tive foi que alguém pegou o controle remoto da minha vida e apertou a tecla

"FF". Sabe qual é? Aquela que passa os quadros rapidinho para a frente.

Então, sem perceber, eu já estava vendo apartamento, decidindo quais doces que seriam servidos na cerimônia, até mesmo onde seria nossa lua de mel. Essa decisão, apesar de ter sido tomada num ímpeto de euforia e alegria, foi importantíssima em minha vida.

Caramba! Com essa mulher eu passaria o resto de meus dias. Ela seria a mãe de meus filhos. Eu, ainda na plenitude dos 24 anos de idade, estaria pronto para dar esse passo importante e teoricamente definitivo? Estava firme e certo disso. Ela era a minha cara-metade. Era o outro lado da moeda. A tão sonhada alma gêmea.

Você conhece a Catedral Ortodoxa que fica no Paraíso, em São Paulo? O lugar é gigantesco. Como minha sogra conseguiu entupir aquela igreja? Tinha umas mil pessoas sentadas e em pé. A maioria de outra geração que eu nem sabia de onde eram.

Muitos jovens — o que mais tarde ajudaria na animação da festa. A família já era grande, tanto a dela quanto a minha. A jacuzada do interior de São Paulo e de Minas Gerais resolveu comparecer em peso. Era a "globalização" brasileira.

Eu, com uma cara de menino ainda, no lugar mais alto do altar. Assustado, suando em bicas e com o coração acelerado. Olhava atônito para cada casal ou família que entrava pelas portas laterais do recinto.

"Onde é que vai caber tanta gente?", pensava.

"Será que esse povo todo vai para a festa? Vixi! Acho que a comida não vai dar."

Como isso era problema da minha sogra, resolvi continuar como um ilustre espectador daquilo que estava por acontecer.

De repente, silêncio na igreja. Eu, sem saber o que estava acontecendo, comecei a procurar um ponto fixo no meio da multidão para tentar me concentrar. Eis que começam a entrar os padrinhos. Primeiro vieram minha sogra com meu pai e minha mãe a tiracolo. Depois o comboio de irmãs e irmãos com seus respectivos agregados (cunhados e cunhadas). Por último nossos amigos. Ainda vieram três amigos de meu sogro acompanhados das amigas solteiras da Ju. Até hoje agradeço ao sogro por esses três amigos que vieram e brilharam no nosso altar. Hoje são amigos muito queridos.

Pensando bem, só com o pessoal que estava no altar, já dava para fazer uma festa. Era muita gente!

Silêncio mais uma vez. Vieram as trombetas. Uma vontade inusitada de começar a chorar. Eu me mantive firme e forte. As luzes se apagaram e um canhão de luz apontou para aquela gigantesca porta da entrada. Como era grande a porta. "Quem será que consegue abri-la?", pensei.

Primeiro entrou a mais bela das daminhas vistas até hoje. Era a minha sobrinha predileta — mesmo porque ela era a única —, mas é uma das minhas protegidas até hoje. A Vicky. Linda e sorridente com seus lindos olhos verdes. Era uma prévia do que viria a seguir.

As portas fecharam-se mais uma vez. As trombetas e os sinos ficaram mais altos e intensos. Nesse momento, não consegui segurar. As lágrimas escorreram pelo meu rosto.

Mais uma vez conseguiram abrir aquelas pesadas portas. Lá estava ela. Linda. Reluzente. Com um vestido branco e um contrastante buquê de rosas vermelhas que quebrava na medida certa aquela imagem angelical que vinha na minha direção com um sorriso contagiante. E eu lá, me acabando em lágrimas.

Muitos olhavam para a noiva. Uma menina ainda. Mas alguns não entendiam o que estava acontecendo com o noivo que, copiosamente, chorava a ponto de soluçar.

— Será que ele se arrependeu?

— Não é nada disso. Deve estar achando que é ele quem vai pagar a conta da festa que está por vir — cochichavam os mais maldosos.

O certo é que eu estava com as mãos geladas como nunca estiveram, o coração parecia que ia saltar pela boca, e as costas já estavam molhadas de suor.

Quando o sogrão chegou bem na minha frente, me deu um beijo e cochichou no meu ouvido, eu comecei a relaxar e compreender o significado de tudo aquilo.

Dei o braço a ela e a conduzi pelas escadas do altar.

Nossa! Como ela estava linda! Especialmente linda naquele dia!

Seu sorriso e sua calma conseguiram conter minhas lágrimas. Mesmo que por poucos instantes.

Quem conhece a cerimônia ortodoxa, sabe quão "breve" ela é, foram alguns sermões em árabe, alguns cantos que eu não entendi, várias voltinhas ao redor do altar com uma fumacinha pra lá de esquisita e, finalmente, as tradicionais perguntas que o padre nos faz, quando estamos frente a frente. Nessa hora veio o filme da minha vida na cabeça. Os bons momentos e os maus. Tristes e alegres. Estava prestes a entrar numa jornada que seria o motivo de tudo aquilo que eu tinha construído até então. Quer saber? Eu estava pronto. Ou pelo menos achava que estava.

A choradeira continuou e culminou quando abracei meus irmãos e meus pais num errôneo sentimento que estaria me separando deles. Naquele momento, pude perceber como é importante criar e fortalecer os laços na família.

Já no corredor da saída, também conhecido como nave, não existiam mais lágrimas. E elas nem eram mais necessárias. Os olhos inchados e o nariz vermelho me delatavam para aqueles que chegaram só para os cumprimentos.

Querem saber o que meu sogro cochichou no meu ouvido?

— Cuide bem dela. Ela é uma joia preciosa para mim e agora eu a estou confiando a você!

E eu ainda acredito naquilo que o padre nos disse:

— Até que a morte os separe!

Respiração cachorrinho

Unhas roídas, coração acelerado, suadeira. Não era o tricolor na final da Libertadores, muito menos a última prova de matemática do ano, era simplesmente a espera do resultado de um exame de sangue.

Filando o resultado do mesmo jeito que se filam as cartas trocadas num jogo de pôquer, constatamos: POSITIVO. Este seria o primeiro de um total de cinco exames e todos com a mesma adrenalina e a mesma expectativa.

Passados os meses, desejos esquisitíssimos nas madrugadas, alguns quilos a mais e a montanha-russa dos altos e baixos dos hormônios e humores da primeira-dama, me aparece na mesa do escritório uma cartinha.

* * *

Querido,

Sei que você tem se esforçado em atender todas as minhas vontades, ouvir todas as minhas lamentações, reafirmar que não estou gorda e que ainda me ama.

Sou muito grata por isso.

Tenho mais uma última coisa para pedir, pelo menos nesta semana. Eu nos inscrevi no curso na Maternidade Pro-Matre que começa hoje, quarta-feira, e vai até sexta-feira, às 19h. O endereço você já tem, né? Espero por você lá.

Beijos e te amo,

Ju

Curso na Pro-Matre? O que mais poderia me aparecer naquela vida nova que se iniciou depois daquele POSITIVO? Agora, nosso carro já tinha ficado pequeno, assim como nosso apartamento, que aliás já estava cheio de moças vestidas de branco — como se fosse um terreiro de umbanda — sendo entrevistadas. O que poderia vir em seguida?

Despenquei do Morumbi em direção à avenida Paulista, um trânsito descomunal, chovendo. E eu com a cartinha no bolso. Muita calma nessa hora.

Cheguei em cima da hora, já ouvindo que achava que eu não viria, que tinha que dar prioridade à nossa vida e outras *cositas más*.

Para a minha sorte, junto estava um casal de primos: Nena e Flávio, que eu adoro e que, influenciados por minha mulher, entraram na mesma roubada.

Nosso primo me fitava, me fuzilando com o olhar, por estar num espigão da Paulista em plena quarta-feira, na antessala da antessala do nosso curso-confinamento.

Uma enfermeira que se intitulava "parteira" nos recepcionou e nos entregou um folheto com o roteiro do que seriam nossos agradáveis finais de tarde a partir daquele momento. Começando pelo título "Curso do Parto sem Dor".

Caramba! O cara que bolou esse título não deve ser médico, nem parteiro, e nunca deu à luz. Eu também não, mas posso garantir para vocês que, hoje, com a vasta experiência de ter acompanhado cinco partos, se tem uma coisa que a mãe tem nessa hora, é dor! Às vezes mais, outras vezes menos, por mais tempo ou curtos períodos, mas que elas sentem dor, sentem!

Espremidos em uma sala de aula improvisada no último andar da maternidade, estávamos os oito casais escutando, por longos cinquenta minutos, todos os benefícios de uma vida de casal com a vinda do bebê. Depois fiquei sabendo que a palestrante não era casada e tampouco era mãe. Tudo bem! Devia ser uma dessas psicólogas renomadas que tinham ph.D. em alguma universidade de estudos do comportamento humano lá nos Estados Unidos. Achei melhor aceitar essa teoria do que tentar questionar a experiência prática da mestra.

Ao final da primeira hora e meia tivemos a pausa para o cafezinho e pude constatar que foi o único momento que minha mulher realmente curtiu naquela nossa empreitada.

Voltamos à sala com um novo palestrante, que indicaria os mitos e as verdades que envolvem uma gravidez e um parto, cesárea ou normal. Aí foram muitas dúvidas e muitos questionamentos. Pelo menos de minha parte.

Recebi um contundente cutucão por debaixo da mesa e um aviso ao pé do ouvido:

— Se você insistir em continuar fazendo essas perguntas para o doutor, nós não vamos sair daqui hoje e eu não te trago amanhã. Além do quê, eu estou quase fazendo xixi nas calças e estou com vergonha de sair, pois o doutor fica olhando pra gente toda hora que você levanta a mão.

Fala sério! Estava lá tentando entender a fisiologia feminina e suas mudanças durante a gravidez, as possibilidades de intercorrência num parto normal — sendo que eu mesmo nem iria deitar na maca — e ainda tinha que tomar esporro para ser "menos" interessado?

Foi quando percebi que, dos que não estavam prenhes naquela sala, eu era o único atento às explicações e com muitas dúvidas. A maioria dos pais ou dormia ou prestava atenção na enfermeira pra lá de jeitosa que, vez ou outra, entrava na sala a fim de trazer alguma notícia. Já as mamães ali presentes ou estavam incomodadas com a posição por conta da barriga, ou dormindo pela fadiga de carregar uma criança no ventre ou louca para poder ir jantar, afinal de contas, ficar grávida dá uma baita fome!

A minha já não estava mais nem aí com o doutor desde que ele quis explicar como o espermatozoide fecunda o óvulo.

Pacientemente fomos até as 9h45. Interagimos e trocamos telefones com os outros pais, combinamos de nos ver no dia seguinte. Além de nós, os primos e mais dois casais, os demais pagaram e não apareceram na quinta nem na sexta-feira. A Ju dormiu uns vinte minutos em cada aula, mas chegou ao final do curso.

Verdade absoluta: não existe parto sem dor! Aquele negócio de respiração cachorrinho é balela. Na hora do vamos ver, a mulher não se lembra da maioria das coisas e deixa a natureza agir por conta própria, e a felicidade de ser pai vale cada minuto e cada grito de dor, até porque não estava doendo em mim.

Meia porção

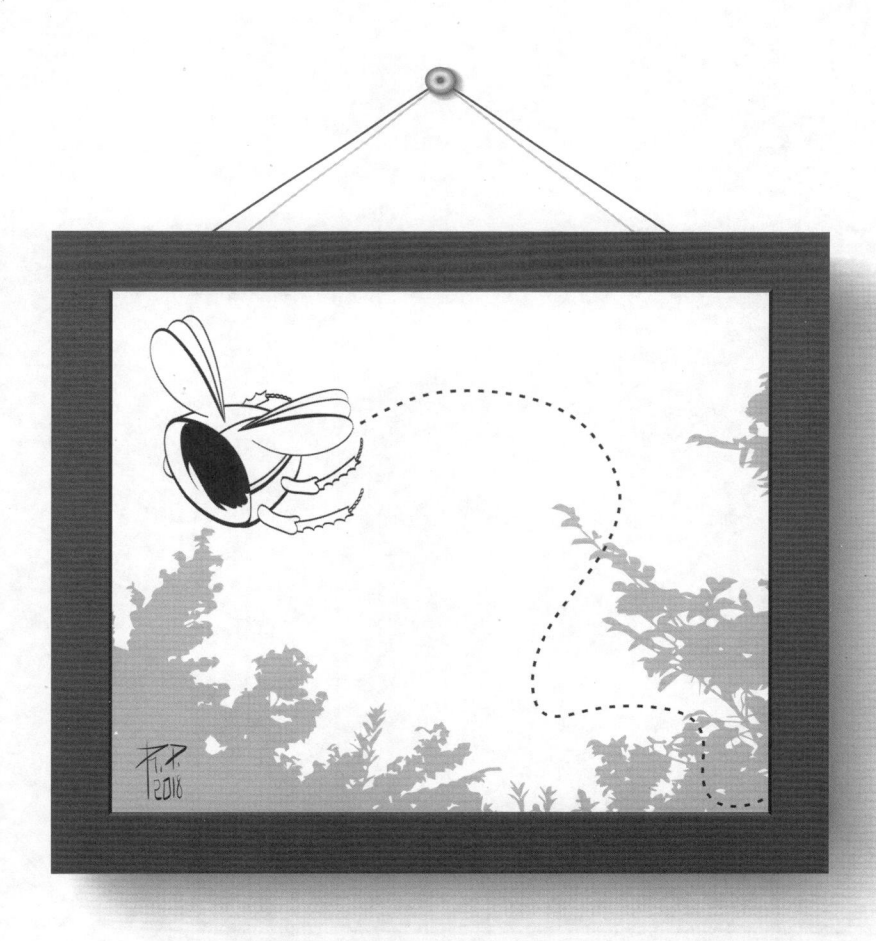

Naquele tempo, nós só tínhamos um filho, isso mesmo, um único filho. Tudo era novidade e motivo de preocupação, e, assim como para os demais pais de primeira viagem, era extremamente exaustivo e também bem prazeroso.

Resolvemos nos meter numa viagem para bem longe com o Jampa, o I, com pouco tempo de vida, cerca de oito meses. Longe do pediatra, longe do pronto-socorro, e principalmente longe das avós, que eram nosso Google à época nas questões relacionadas aos filhos, digo, ao filho.

Dessa nossa jornada participou outro casal — bastante querido e amado, irmãos de escolha dessa vida —, a Fê e o Ricardo, ou simplesmente os Leser.

Tivemos nossos filhos em datas muito próximas, o segundo, inclusive, o Felipe, também conhecido como Pipe, nasceu exatamente um dia depois do nosso Diego, o II. Fomos companheiros de maternidade e o que dividia os quartos era apenas a parede. Porém nesta viagem eles não eram nem projetos ainda.

Resolvemos rumar para os confins do Mato Grosso do Sul, para a Fazenda Celeiro, que ficava no município de Rio Brilhante, propriedade do tio Zé Roberto. Ele e tia Vera — pais da Fê — sempre fizeram questão de nos tratar como filhos, mesmo depois que chegaram os meus outros quatro filhos. O tio Zé era um entusiasta dos meus causos, um daqueles ouvintes que todo animador gosta de ter na plateia. Mesmo antes de eu terminar as minhas histórias, ele já estava se "mijando" de tanto rir.

O causo que vou contar por muito tempo permaneceu em segredo entre mim, o Lisar, que é como eu chamo o Ricardo, o Jampa I e o Ico, primeiro filho dos Leser, que eu sempre chamei carinhosamente de Alemão. Estes dois últimos, além de não falarem na época, não entendiam nada por serem bebês de apenas poucos meses de idade, portanto o segredo estava preservado.

Nossas esposas eram verdadeiras heroínas, mães exemplares, e como os bebês eram os primogênitos, todo cuidado e zelo eram poucos. As mamadas eram a cada três horas e intermináveis madrugadas adentro.

Os meninos, Jampa e Ico, tinham um apetite de leão e uma garganta de arara quando o quesito era choro. Noites interrompidas e maldormidas. Lá pelas cinco da matina, os rebentos resolviam despertar completamente, e estavam prontos para brincar e se arrastar pelo chão, uma vez que ainda não sabiam andar.

Nós os pais, eu e Lisar, éramos convocados e enxotados para fora dos quartos com a tranquila missão de simplesmente cuidar dos filhos que mal se locomoviam e tinham sido suficientemente alimentados a noite toda, para que as notívagas guerreiras pudessem desfrutar o sono dos justos e se preparar para a maratona da noite seguinte.

Com os olhos fundos e cansados, nós também nos restringíamos a cuidar dos bebês no chão da sala até que o sol ficasse um pouco mais forte, e só então saíamos para poder aproveitar a vida lacustre da Fazenda Rio Brilhante, que tinha uma infinidade de locais para nos divertir e passear com toda a família.

Estávamos os quatro reunidos sobre o chão frio da sala de TV, eu e o Lisar falando sobre algum de seus novos projetos na época, que iam desde se tornar um ás em aeromodelismo a subir no cume do Aconcágua — detalhe: ele conseguiu realizar os dois projetos anos depois.

Em uma conversa cativante e hipnotizante, ele falava mais do que eu, o que é muito difícil, e eu devorava como espectador toda aquela sua paixão no planejamento de seus projetos. Os meninos simplesmente se arrastavam de um lado para o outro engatinhando e balbuciando aqueles sons que só os bebês entendem. Ora disputando os mesmos brinquedos, ora "se pegando" e puxando os cabelos um do outro.

De repente uma pausa na história do meu amigo, eu vejo seus olhos arregalados, e ele me pergunta:

— O que você deu para o Jampa comer? Eu achei que ele só mamasse no peito, e comesse papinha apenas na hora do almoço.

Dei um pulo e tentei entender o porquê daquela cara de ânsia do Jampa, não mais engatinhando, agora sentado e lutando contra alguma coisa que girava de um lado para o outro dentro da sua boca, e ele fazendo menção de engoli-la.

Sabe aquelas velhinhas que usam dentadura e que em algum momento a boca fica maior do que a prótese, e esta fica "sambando" de um canto para o outro dentro da boca? Pois é, essa é a cena que eu presenciei.

Mais do que depressa enfiei o indicador em forma de anzol dentro da boca do Jampa na esperança de pescar alguma coisa que ele insistia em tentar engolir.

Desesperado, comecei a procurar em volta o que ele poderia ter alcançado. Eis que fiquei gelado ao me deparar com uma metade de um daqueles besouros pretos brilhantes, o famoso "*rola-bosta*", que recebeu esse nome por um motivo único: ele tem força para rolar o estrume das vacas, que tem umas dez vezes o peso de seu corpo, para construir seu "ninho". A metade ainda viva, se arrastava tentando fugir do alcance do meu filho.

Igualmente desesperado, o Lisar correu para a cozinha para pegar um copo d'água, no caso do meio besouro descer goela abaixo. Voltou correndo e ficou petrificado me assistindo na batalha dedo-boca-besouro. A essa altura, o Ico, sentado a meu lado, atônito, esboçava um choro, de medo ou nojo, ou das duas coisas juntas.

Finalmente num ato heroico, consegui arrancar lá do fundo, já no sininho no céu da boca, um quarto do inseto. Vieram algumas patinhas, parte de uma asa e um saldo do torso. E o resto? Já era...

Àquela altura, já estava na pança, com o precioso leite materno da madrugada.

Demorei uns quinze minutos para normalizar a pulsação e a respiração. Olhei para o Lisar. Ainda com Ico no colo, ele estava se segurando para não rir, e quando nos encaramos, soltamos uma sonora gargalhada, não sei se de nervoso ou de alívio. Continuamos ali por algum tempo, e quando as esposas acordaram, nem tocamos no assunto.

O mais engraçado de tudo isso foi que, nas noites que se seguiram, quando estávamos todos reunidos na sala e adentrava um besouro voando, tanto eu quanto o Lisar saíamos correndo, um por cima do outro, para segurar os meninos ou tentar espantar o inseto. Nós, sempre dando risadas, e as mulheres sem entender absolutamente nada.

Não é não!

Não é não! Infelizmente, esta pode ser uma verdade que não é tão absoluta assim. Para nós, pais, educadores e apaixonados, muitas vezes é preciso pensar, ao máximo, no significado real dessa pequena palavrinha. Afinal... Não é não!

Quantas vezes nos vimos tentados a retirar do berço e ninar no colo aquele bebezinho tão inocente que insiste em chorar copiosamente de maneira que temos a nítida certeza de que algo está doendo e, no minuto seguinte que o fazemos, o silêncio é no mínimo intrigante?

Isso significa testar os limites. Exatamente! Desde os primeiros dias de vida vivemos uma batalha sem fim na qual estamos a toda hora sendo provados e testados sobre qual é o limite deles. Ou seriam os nossos?

O certo é que muitas das vezes o "não" pode significar um "talvez" ou um "quem sabe", e ao menor sinal dessa nossa fraqueza, não recuperamos as rédeas da situação nunca mais e lá se vão os tão sonhados limites.

Quem nunca usou o jargão "Esta é sua última chance!", quando na realidade não era nem a penúltima, e muitas outras mais ainda estavam por vir?

Não se iluda! Mas se console! Você não está sozinho nessa luta e nem é o único que na última hora vai ceder de alguma forma.

Todos nós, pais, em algum momento, testaremos nossos próprios limites. Limites de amar e de aceitar que essa nossa firmeza, por mais que possa nos machucar e parecer machucá-los, faz parte do crescimento dessas pequenas criaturas que amamos tanto — nossos filhos.

Eu mesmo não resisto a um pedido meloso seguido de um delicioso beijo da minha pequena Manoela de olhos azuis. Uma sobrevivente e uma guerreira no meio de quatro irmãos.

Essa manipulação exercida por nossos queridos faz parte da formação do caráter tanto deles quanto o nosso. Nossa resistência também.

Conheça sempre o terreno em que está entrando e certifique-se de que sua negação, em algum momento, precisará significar um limite, pois amar também é saber dizer não. E ponto final!

Criando filhos invejáveis

Calma! Não tem nada de pejorativo e mesquinho nisso.
 Confesso que, quando escutei e processei pela primeira vez esse comentário, também tive uma impressão negativa.

Ele veio do Pedro, com dez anos de idade na ocasião.

Num exercício familiar que fizemos recentemente, juntamo-nos para colocar na mesa os adjetivos que podíamos encaixar na casa dos Arantes.

Várias sugestões surgiram: alegre, numerosa, agitada, grande, "pilhada", diferente, amorosa, unida... Tantas que fizeram com que refletíssemos a respeito. Até que surge: invejável.

— Quem colocou essa aqui? — perguntei.

— Fui eu — disse o Pedro.

Eis que veio a curiosidade de entender por que ele achava nossa família invejável. Será que, na percepção dele, ou deles, era gerado por nossa família algum tipo de ciúme ou mesmo esse sentimento desprezível que é a inveja?

Nada disso! Por vários minutos e das diversas bocas escutei de meus próprios filhos que tínhamos criado um núcleo familiar realmente invejável — que na realidade era uma mistura de tudo aquilo que tínhamos posto na mesa. Uma grande, agitada, unida e alegre família, com a qual muitos dos amigos se sentiam praticamente em casa. A disputa para dormir na casa do tio Rick e da tia Ju nos fins de semana era intensa e acirrada. Nesse momento comecei a entender o porquê de nossa casa mais se parecer com uma colônia de férias no sábado.

Estava certo de que meu maior patrimônio já estava consolidado. Com a certeza de que eu tinha criado filhos invejáveis mesmo. Como crianças e seres humanos dignos, respeitados e que sabiam o real significado da palavra amor.

Querem saber? Não é uma missão tão impossível assim! Eis a minha fórmula: arrume uma parceira que te respeite e seja sua cúmplice. Acrescente alguns filhos de várias idades e de preferência dos dois sexos. Isso não é imprescindível. Coloque cinco partes da bênção de Deus, três quilos de paciência, dois litros de muitas conversas, oito dúzias de beijos e algumas lágrimas. Bata tudo no liquidificador. Deixe descansar por alguns minutos e salpique amor à vontade. Pronto. Está feito!

Qualquer dúvida, pode me ligar que eu dou algumas dicas.

O albergue dos Arantes

Meu negócio com a pecuária requer que eu esteja sempre viajando para a Região Norte do país.

Depois do quarto filho, tentei programar minhas idas e vindas para que eu pudesse estar em São Paulo na maioria dos fins de semana, a fim de curtir dias inteiros com a molecada, já que durante a semana temos tantos compromissos e atividades esportivas que só nos vemos nas idas para a escola e nos jantares divertidos e barulhentos.

Numa dessas minhas vindas de Porto Velho, acabei preso em uma escala no aeroporto de Brasília. As tempestades de verão me seguraram no chão por, pelo menos, duas horas. Resultado, era para eu estar em casa às nove e meia e acabei abrindo o portão faltando dez minutos para a meia-noite.

Quando liguei para avisar do atraso, a Ju simplesmente me comunicou que alguns amigos dos meninos dormiriam em casa.

Nessa época morávamos numa casa enorme que tinha sido da avó da Ju. Manja aquelas casas gigantescas com muitos quartos, poucos banheiros, escadarias intermináveis e aposentos que mais pareciam salas de conferência? Para ter noção, no meu quarto tínhamos uma antessala onde instalamos uma TV de 46 polegadas, com sofá e tudo!

Assim que entrei pelo portão, tive a nítida impressão de que estava rolando uma festa em casa. As luzes todas acesas, o videogame na TV da sala ainda estava ligado, todas as portas estavam abertas, porém, com exceção de vozes vindas do meu quarto, não escutei as costumeiras gritarias nem o corre-corre dos meninos em uma sexta-feira normal. Tudo bem! Afinal de contas, já era quase meia-noite. Ao entrar no quarto, vi um amontoado de meninos empilhados uns sobre os outros com vários cobertores e travesseiros espalhados pelo chão. Pernas, braços e algumas cabeças para fora das cobertas. Comecei a descobri-los e identificá-los e, depois que contei nove meninos e não encontrei nenhum filho meu, fiquei preocupado. Contei novamente e, na contagem final, o resultado foi uma dúzia. Isso mesmo. Doze meninos e nenhum Arantes nesse bolo!

A televisão do quarto estava ligada num programa da National Geographic com alguns australianos falando sobre uma espécie rara de crocodilo, e os meninos nem aí. Estavam no décimo sono. Dei uma olhada na minha cama e vi a Ju estatelada, ainda com as roupas do dia e calçada com os tênis. Pensei: "O dia deve ter sido longe".

Carreguei um por um para o quarto do Diego e lá pude achar meus filhos também já dormindo. Eles, como já estavam em casa, acharam mais fácil irem para suas próprias camas do que convidar os amigos a fazer o mesmo.

Já com os braços doendo e exausto pela viagem, tomei um banho e fui me deitar. Resolvi alertar a Ju de que ela ainda estava vestida e perguntar sobre aquele *petit comité*.

— É uma história muito longa. Estou morta. Amanhã eu explico.

Eu achava que minha noite já havia sido movimentada o suficiente quando, de repente, sinto uma respiração ofegante a menos de um palmo do meu rosto. Acordo e tomo um baita susto com os olhos arregalados do Lorenzo.

— Tio, acho que eu estou com dor de cabeça — disse ele realmente ofegante. Olhei no relógio. Já passava das quatro horas da manhã.

— Amigão, o tio vai arrumar uma Aspirina pra você. Um minutinho!

— Então, tio. Acho que eu sou alérgico a Aspirina.

"Fodeu!", pensei eu. "O que eu faço agora? Lógico! Acordar a Ju!"

Contei a história, e ela, sem abrir os olhos, disse que ele provavelmente estava com medo, pois as crianças tinham assistido a um filme sobre ataques de tubarões nas praias da Califórnia.

— Bem, amigão, então vou te dar um Tylenol.

— Tio, acho que é melhor você ligar para a minha mãe e ver o que ela acha.

— Mas, filho... São quatro horas da manhã!

— Não tem problema, tio. Ela vai estar acordada. Pode ligar!

Sem consultar minha mulher, liguei. E a coitada atendeu depois do quinto toque. Lógico que ela não estava acordada. Expliquei o caso, e ela pediu para falar com o filho.

O coitadinho pegou o telefone, virou de costas e aos poucos foi abaixando a voz até quase ficar inaudível. Eu pude perceber alguns soluços. Após uns cinco minutos, ele voltou e disse:

— Tio, minha mãe achou melhor vir me buscar, ok?

— Ok, tudo bem. — Quem sou eu para discutir depois dessa epopeia toda?

Meia hora depois, a mãe aparece no meu portão. Eu, de pijamas ainda, acompanhei o Lorenzo até o carro. Dei um beijo e me desculpei com a mãe.

Na manhã seguinte — você pode imaginar a bagunça que foi o café da manhã —, os amigos só foram dar conta da falta do Lorenzo quando comecei a contar a história pra Ju.

Eu descobri nesse dia que passar um fim de semana na casa dos Arantes era como ir para uma colônia de férias. Muitas risadas e histórias mirabolantes. Uma verdadeira zona na hora de dormir e o café da manhã era indescritível.

Até onde vocês querem ir?

Quando a Ju ficou grávida do nosso quarto filho — que não foi um filho, e sim uma filha, a primeira, Manoela —, lá fomos nós, como de costume, para a primeira consulta com o nosso obstetra dr. Pedro.

Adentramos aquele consultório muito bem localizado e bem-arrumado, incrustado no Itaim. As enfermeiras eram as mesmas do primeiro filho. Assim que entramos, as ouvi fofocando:

— Olha lá! É ele de novo...

— Será que ela está grávida?

— Não, não pode ser. Eles já têm três filhos! Quem, nos dias de hoje, tem mais do que dois filhos?

Eu fiz que nem ouvi, fingi que não era comigo, mas lógico que era. Afinal de contas, só estávamos eu e a Ju na sala de espera.

Demorou mais um pouco, e eis que o dr. Pedro adentra ao consultório. Sua serenidade e sua sutileza peculiar tranquilizam qualquer mãe desesperada. Ainda bem que nós já tínhamos um certo *know-how* nesse assunto.

— Bom dia, Juliana. Bom dia, Ricardo. Está tudo bem? Por que vocês estão aqui? Espere aí! Vocês só vêm às consultas quando a Juliana fica grávida. Não vai me dizer que você está esperando um bebê?

— Pois é, doutor. Acho que sim!

Entramos na sala. Perguntas básicas. Ju tirou a roupa.

— Pois é. Podem avisar a família. Ela está grávida mesmo!

Depois do tempo esperado, graças a Deus deu tudo certo. Nasceu uma linda menina de olhos azuis.

Voltamos a seu consultório para que ele pudesse nos dar alta, e na saída tomei uma chamada:

— Olha, Ricardo, da próxima vez que você aparecer aqui, antes vou pedir pra você se consultar com minha filha, que é psiquiatra, ok?

Ele deu uma risadinha que emprestou um ar de brincadeira ao comentário, mas eu assimilei o golpe.

Passados dois anos, veio o maior de todos os meus medos: "Como vou enfrentar essa gravidez?". Meu problema não era qual carro iria comprar ou onde iria morar. "Como vou enfrentar o dr. Pedro?" Pânico! "Como vou entrar na recepção? Acho que não vou acompanhar a Juliana nesse filho."

Depois de refeito do medo inicial, lá fomos nós mais uma vez para o Itaim.

— Será que é ele mesmo?

— Não, não pode ser. Vai ver ela casou de novo. Deve ser outro marido!

— É, pode ser. Esse aí é mais gordinho.

— Não, não. Tenho certeza. É ele mesmo.

— Não é possível. Confere aí quantos filhos. Este é o quarto?

— Não! O quarto foi uma menina. Este vai ser o quinto!

— Vai ver ela está doente!

— É. Pode ser...

— Não, mas eles estão muito alegres. Estão com cara de apaixonados.

Quando dr. Pedro chegou e me viu na sala de espera, soltou uma sonora risada e disse:

— Podem entrar e parabéns mais uma vez! Até onde vocês querem ir?

Parto feito. Tudo bem. Casa cheia e, na consulta de alta, nada de piadinhas e chamadas de atenção, só um conselho:

— Olha, Ricardo, este é um urologista amigo meu. Ele é ótimo. Você vai ver. — Então, ele colocou um cartão de visitas no meu bolso e deu um tapinha no meu ombro.

Fui embora com aquela imagem cômica na cabeça.

Mas espere um pouco! O sujeito ganha a vida com isso. Ele está nos dispensando? Será que cinco já está bom? Será que este foi o recado subliminar que ele quis passar?

Mas essa, meu amigo, é outra longa história!

Vasectomia já

Era para ser um procedimento simples. E é! O difícil foi chegar até ele. Meu pesadelo começou quando a Ju engravidou do nosso quinto filho. Em qualquer reunião de família ou simples almoço na casa da minha mãe, não existia outro assunto senão:

— Cinco filhos está ótimo! Vocês têm que tomar uma providência!

— Coitada da Juliana! Ela já está com olheiras profundas.

Minha sogra também ecoava no coral e a torcida para que a fábrica de filhos fosse fechada estava armada. No final de 2007, tomei coragem, busquei o cartão que me foi presenteado na última consulta com o dr. Pedro e liguei decidido:

— Alô? É do consultório do dr. Waldemar? Quero marcar uma consulta para hoje, pode ser? Ah! Só em janeiro? Tá em convenção? Ok! Então marca aí, dia 15 de janeiro.

Nesse ano passei o réveillon na Praia da Baleia com os cinco filhos e com o último ainda bebezinho. Eu estava disposto a voltar à forma do primeiro filho, ainda mais depois do comentário daquela enfermeira fofoqueira...

— Esse aí é mais gordinho!

Passei a correr todos os dias na praia. Logo na primeira semana fiquei com preguiça de me trocar e resolvi correr de sunga mesmo, molhada ainda. Pior decisão do ano de 2008. Quando chegou a noite, eu abri as pernas e fiquei preocupado com o que vi. Um misto de irritação com carne viva e assadura. Resultado da minha atividade, um mês de pernas abertas, muito Hipoglós e ataduras. Acabei adiando minha ida ao dr. Waldemar.

Veio chegando o Carnaval e a torcida pela vasectomia não parava de ser bradada na minha casa. Só tinha uma pessoa que era contra o procedimento, a louca da Juliana. Dá para entender? Remarquei a consulta para uma semana antes do Carnaval. Quinta-feira, fim do dia, rumei para Moema. Consultório simpático, enfermeira igualmente simpática e sozinha, o que é bom, pois evita as fofocas.

Ficha preenchida, fico na espera, pois sou o último paciente do dia. Folheio algumas *Caras* de 2001, quando a Suzana Vieira ainda estava com o sexto namorado, só 28 anos mais novo que ela. Quase cochilo por um instante. A secretária me chama para que eu entre na sala do dr. Waldemar — sujeito de uma fisionomia agradável, muito tranquilo também.

— Boa noite. Ricardo, não é?

— Isso.

— Quantos anos, Ricardo?

— Trinta e oito.

— Ok. Em que posso ajudar?

— Então, doutor, eu gostaria de fazer vasectomia.
— Sei, sei... Você já falou com sua mulher a esse respeito?
— Já sim doutor, nós queremos.
— Você tem certeza, meu filho, você é muito novo.
— Eu sei, mas nós já estamos com a cabeça feita.
— Quantos filhos vocês têm?
— Cinco, doutor.
— Pensando bem, acho melhor fazermos a vasectomia, sim — respondeu ele de bate-pronto.

Com isso encerramos uma conversa que tendia a ser muito comprida. Minha missão agora era convencê-lo a me operar naquela mesma tarde. E não havia Cristo que dobrasse aquele senhor a fazer o procedimento naquele mesmo instante. Estava quase o convencendo quando ao olhar para a janela vejo aproximando-se uma nuvem negra daquelas das águas de março, e de repente "Kabummmmm!". Um trovão daqueles de fazer tremer da avenida Paulista ao Morumbi. Quase caímos das cadeiras. Minha impressão foi a de que o trovão caiu no prédio do doutor Waldemar.

O resultado foi o fax e o laptop queimados, e o mais triste, o bisturi elétrico queimou também. Segundo ele, agora, nem se ele quisesse me operar seria possível.

Agradeci, despedi-me, marquei a cirurgia para a próxima semana. Fui embora meio embriagado com o estrondo, mas mais ainda com a pulga atrás da orelha sobre os sinais divinos.

Essa operação estava muito "enroscada", todo mundo "urucando" e torcendo para eu fazer, será que aquele relâmpago não era um sinal de Deus?

Logo que saí, liguei para a Ju. Ela, com a voz embargada, perguntou:
— E aí, fez? Acabou com minhas esperanças de ter mais um filho para ficarmos com um número par aqui em casa?

Eu contei os detalhes para ela, que também achou tratar-se de um sinal divino e que era melhor adiar a cirurgia.

Refeito do susto, recebi duas ligações simultâneas em meu celular, primeiro da minha sogra e em seguida da minha mãe. Contei calmamente a história para as duas e disse das minhas desconfianças dos sinais.

Minha mãe foi categórica:

— Você, seu irresponsável, fica colocando Deus no meio de um problema que não é dele! Que culpa o pobre do Deus tem se você e sua mulher não têm juízo na cabeça e ficam fazendo um filho atrás do outro?

Passada uma semana, eu, já conformado de que tudo não passou de uma infeliz coincidência, rumei para o consultório em Moema e, para garantir, pedi para minha secretária entrar em contato com o consultório do doutor Waldemar e confirmar que eu estava a caminho.

— Então, senhor Ricardo, parece que está tendo um mal-entendido... Acho melhor o senhor entrar em contato com a secretária do doutor Waldemar.

— Como é que é? Mal-entendido a puta que pariu! Me dá o telefone dessa filha da puta!

— Consultório do doutor Waldemar. Boa tarde!

— Boa tarde? Só se for a sua tarde, porque a minha está uma m...

— Calma! Quem está falando?

— O idiota do Ricardo Arantes!

— Pois é, senhor Ricardo, na quarta-feira eu liguei para sua casa para adiar a cirurgia para depois do Carnaval, pois o doutor Waldemar estaria num congresso e só voltaria no domingo, sua esposa não só me destratou como utilizou palavras de baixo calão e disse que o marido dela não iria fazer p... nenhuma de vasectomia.

Fiquei mudo e estático do outro lado da linha. Desliguei sem falar nada, como se tivesse entrado no túnel da Nove de Julho e a linha tivesse caído.

Liguei imediatamente para a Juliana e soltei os cachorros em cima dela. Disse que ela realmente era uma irresponsável e que agora, nem que eu tivesse que fazer uma operação de mudança de sexo, iria parar de ter filhos.

Eu me acalmei, liguei para o consultório, expliquei a situação e supliquei para que o doutor Waldemar me atendesse durante o Carnaval, que eu não poderia mais adiar o procedimento.

Meia hora mais tarde, educadamente, Salete, a enfermeira, me liga e diz que o doutor Waldemar, excepcionalmente, me atenderia na segunda-feira do Carnaval para realizarmos a vasectomia.

O final dessa história é muito mais simples do que seu desenrolar. Quando cheguei lá, a Salete esclareceu o mal-entendido, ela ligou para um homônimo meu que havia acabado de se casar, e a esposa surtou com a possibilidade de o maridão não querer ter filhos.

O procedimento é muito simples e indolor, fui e voltei dirigindo meu próprio carro. Pós-operatório? Uma moleza!

Será que depois de tudo isso eu não vou querer ter mais filhos? Tudo bem! O Waldemar disse que até quinze anos após a cirurgia o êxito na reversão é altíssimo.

Sabe que deu até vontade? Que a Ju não me escute, ou não leia esta crônica.

Boa noite

Ontem tive o prazer de me deitar com meu filho mais velho, a pedido dele. João Paulo está com catorze anos de idade e há muito tempo eu não tinha a oportunidade de voltar no tempo e ficar colado, ouvindo sua respiração e, algumas vezes, até mesmo o pulsar de seu coração.

Pude perceber o quanto essa intimidade me fazia falta. No passado eram as histórias mirabolantes do caçador de onças que tínhamos na fazenda, o João Pescoço, contadas exaustivamente até que ele adormecesse. Depois vieram os "porquês" e, logo em seguida, as confissões.

Fiz uma breve viagem no tempo tentando me lembrar de quantas vezes tinha feito o mesmo com meu pai. Aí vieram as lágrimas e um nó na garganta. Nunca tive a felicidade de compartilhar um momento tão íntimo assim com ele. Por que será? Os tempos eram outros? Outra geração? O certo é que hoje estou fazendo minha parte. Sendo mais que um amigo, um pai ou até mesmo um confidente. Um cara com quem ele vai poder contar na alegria ou na tristeza. Não que eu não contasse com o meu, mas era diferente, tudo era diferente.

A única coisa que, com certeza, era a mesma era o amor entre um pai e um filho.

Faço força para poder partilhar esse momento mágico o máximo possível com o maior número de filhos possível, e olha que são muitos.

É no momento das orações deles que percebo suas angústias, suas frustrações, suas tristezas e — por que não? — suas realizações.

Aquele é um momento só nosso. É quando posso senti-los. Quando os tranquilizo e os consolo. É quando posso fazer um cafuné. E o mais gostoso é quando posso beijá-los e desejar-lhes bons sonhos.

Se você nunca fez isso com seu filho, deveria experimentar! É um contato que transcende a relação paternal.

Quer saber a verdade? É uma pena não poder tê-los comigo para sempre. Quando eles se forem para viver suas próprias vidas, irei perceber que não os aproveitei o suficiente.

Por isso curta! Pois quando você menos esperar, eles já terão ido ou, assim como hoje, não iremos os dois caber mais na mesma cama. Nossa! Como eles crescem rápido!

Meu querido João Paulo hoje está com 21 anos de idade. Como o tempo voa...

Ser e ter o seu anjo

Você já teve a curiosidade de saber o significado da palavra "anjo"? Eu tive. Segundo o pai dos burros, também conhecido como dicionário, um anjo é: "Ser puramente espiritual que, segundo algumas religiões, foi criado por Deus para ser seu mensageiro e manifestar aos homens a sua vontade. No sentido figurado é uma pessoa dotada de uma qualidade eminente.

Você acha que eu me contive com essa definição? A vida seria muito chata se nós aceitássemos tudo o que ouvimos de bate--pronto, portanto resolvi criar minha própria definição sobre esses seres abençoados e indecifráveis.

Como será que seriam os anjos fisicamente? Altos e magros? Baixinhos e gordinhos? Brancos, pretos? Loirinhos de olhos azuis e com as bochechinhas rosadinhas? Teriam asas? E se tivessem, elas seriam aerodinamicamente potentes para alçarem voo? E a bendita auréola? Para que será que serviria aquele halo dourado pairando sobre a cabeça desses pobres coitados? Simplesmente para podermos identificá-los dentre os reles mortais? Realmente se formos olhar por esse lado, os anjos seriam criaturas muito místicas e caricatas, além de muito entediantes.

Acho que os anjos são pessoas simples e normais como eu e você, normais no sentido físico da palavra, mas são seres imbuídos do "bem". Está no DNA ajudar e servir.

Eles entram e saem de nossas vidas e, às vezes, nem percebemos. Eles podem estar num simples "bom dia", mesmo este estando cinza e chuvoso. Ou naquele momento em que a prova de matemática insiste em burlar nossa inteligência e a professora caprichosamente coloca o maior CDF da classe a poucos centímetros de sua carteira.

É errado dizer que os anjos não têm sexo, pois eles podem ser de todos os sexos, de todas as cores e de todas as crenças. A persistência da presença deles pode até ser irritante, mas é fundamental para podermos nos apaixonar por eles.

Deus consegue mover as peças do tabuleiro da vida e sempre colocar as pessoas certas nas horas certas em nosso caminho. É lógico que, de vez em quando, encontramos um "cavalo" pela frente, que anda em "L" e vem para tentar entortar nossa caminhada, mas logo vem o anjo e nos mostra como voltar para os trilhos.

Como é bom sabermos que tem alguém cuidando, olhando e se importando conosco. Os anjos são aqueles que, quando chegam, nos deixam com um sorriso estampado no rosto e, quando se vão, nos fazem ter saudades dos momentos e das coisas vividas.

Essa minha definição de anjo tem muito a ver com minhas próprias experiências. Sendo um anjo ou tendo o meu próprio, sei da sua importância nas nossas vidas tortas e erradas. Pode até não ser a definição correta, mas com certeza ela é bem mais interessante e divertida que a do tal *Aurélio*.

Cocô na serra

Imagine a cena: São Paulo. Cruzamento da avenida Brasil com a avenida Nove de Julho. Sexta-feira. Véspera de feriado de Corpus Christi. Chovendo. Seis horas da tarde.

— Pois é. Eu bem que avisei: "Vamos amanhã! Nós acordamos cedo e saímos no cagar do pato".

— Não. Não podemos. Eles estão nos esperando para comer um fondue.

Eles, nesse caso, eram os Azevedo, uma daquelas famílias de amigos que também nos adotaram como irmãos e que também tinham três filhos homens, da idade dos meus mais velhos: o Rick, que regulava com o Jampa, o número I, o Rafa, que batia com o Diego, o II; e o Rô, conhecido como Panda, de quem o Pedro, o III, fazia questão de ser o guardião, tamanhas eram as cagadas em que ele se metia. Além, é claro, do Fred e da Flávia, que nunca pouparam esforços em nos receber sempre, em todos os lugares possíveis. Queridos e amados AMIGOS.

Como nessas horas é melhor não contestar a esposa, lá fomos nós! A operação de guerra começou no carregamento do carro. Também, quem mandou ter cinco filhos e ainda ter que levar a babá pra cima e pra baixo? Vamos admitir que os dois filhos mais novos utilizem, juntos, uma mala apenas. Que os dois do meio também. O mais velho — já é um adolescente — precisa de uma só para ele. Uma maletinha para a babá. Tá contando? Quatro malas até agora, mais a minha e a da patroa. Total: seis malas! Sendo quatro de tamanho razoável, mais a minha — uma maletinha — e a da Ju, que mais parece um baú de mudanças.

Mas vai reclamar do tamanho para ela, vai!

— Lá todo mundo vai estar bem-arrumado, viu? Só você vai parecer um molambo. Nós vamos jantar fora pelo menos duas noites e ainda tem o aniversário da Cris.

Ok. Vamos à ginástica. Oito passageiros, seis malas. Você deve estar pensando: "Ah, o cara tem um micro-ônibus ou uma besta". Não! A única besta aqui sou eu mesmo. Depois de muito empurra e aperta, tira roupa e muita suadeira, consegui colocar as malas. Só que os meninos que forem lá atrás não colocarão os pés no chão. Problema deles!

Começa a garoa em São Paulo.

— Vamos embora, moçada!

— Peraí, pai! Vou fazer xixi!

— Boa ideia! Todo mundo já pro banheiro!

O mais velho, com os fones enterrados no ouvido, simplesmente me olhou, deu de ombros e se acomodou no último banco do nosso carro Santa Fé.

Preciso perguntar uma coisa: É só a minha mulher ou todas as mulheres do planeta, depois de tudo certo, todos acomodados de cintos afivelados, que aparece com umas cinco "sacolinhas" tamanho *extra-large* e simplesmente diz:

— Amor, você acomoda essas sacolinhas em algum lugar, por favor?

Pô! Onde eu vou enfiar essas p... dessas sacolas? Será que ela não está vendo que não cabe mais nada no carro? Nem o presente que ela comprou para dar à nossa anfitriã. Mal sabe ela que eu fiz que esqueci atrás da escada e só lembrarei quando chegar lá...

Calma. Muita calma nessa hora!

Tudo pronto. Sacolas no lugar. O pessoal do último banco com os pés para cima. Campos do Jordão, aí vamos nós!

Pensando bem são apenas 180 quilômetros. Se demorarmos muito, vamos gastar o quê? Umas três horas, três horas e meia, no máximo, se pegarmos trânsito nas marginais? Tudo bem. Tá valendo. Tudo em nome do amor.

Assim que entramos na avenida Brasil, um presságio do que seriam as próximas horas: a chuva apertou. E como o paulista já é um povo naturalmente barbeiro, todo mundo com o pé no freio. E se fez luz! Um mar de luzes vermelhas na extensão da minha faixa. Do outro lado, os faróis começam a acender. Anoitece e nem saímos do bairro ainda.

Para a minha sorte, tinha trabalhado no meu iPod a tarde inteira, montei umas três *playlists* especiais para uma viagem longa. E põe longa nisso! Começando com uma coletânea do melhor do rock dos anos 1980 — que ia de The Police, U2, The Cure, New Order e The Smiths, passando pela fase áurea do rock brasileiro: Blitz, Ultraje, Legião, Capital, Ira e Barão. Nada poderia tirar minha serenidade e calma. Afinal, estava indo passar um agradável fim de semana nas montanhas com a família.

Os primeiros 45 minutos foram moleza! O DVD Identidade Bourne rolando no carro. Três dos cinco filhos dormindo, juntamente com a babá. A Ju falando no telefone com alguma das inseparáveis amigas dela, que ela acabara de ver na escola dos meninos, sobre alguma coisa importantíssima que não podia ficar para depois. Eu ainda nem tinha chegado na "Bizarre Love Triangle", que é a minha faixa preferida do New Order. E o carro? Ah, o carro já estava a uma quadra da Nove de Julho.

Isso mesmo! Quarenta e cinco minutos para andar umas seis quadras. Como eu já havia previsto, a viagem poderia durar um pouco mais do que o estimado. Quando entramos na Nove de Julho em direção à Paulista, o mar virou oceano. Mais carros, mais chuva, menos paciência. Da avenida Brasil até o túnel sob a avenida Paulista devem ter umas cinco quadras. Nesse percurso a velocidade média melhorou. Foram apenas trinta minutos.

A essa altura, o infeliz do Jason Bourne já tinha matado meio mundo. Dois filhos acordaram e eu já estava nas últimas músicas do The Smiths. Só a babá ainda não dava sinais de vida. A Juliana ainda no telefone com a mesma amiga. Minha sorte era que eu já tinha escutado o sinal de bateria fraca no telefone dela. Pelos meus cálculos ela tinha uns quinze minutos de conversa no máximo. Ou o equivalente a três quadras, ou quem sabe até eu passar em frente à FGV.

Dito e feito. Assim que subi o Minhocão:

— Ai, que droga, acabou minha bateria! Me empresta seu celular? Preciso falar uma coisinha que eu esqueci com a Andrea!

— Porra! Faz 1h 23 que você está falando com essa infeliz e tem coragem de dizer que esqueceu de falar alguma coisa? Meu amor, acho melhor poupar minha bateria, pois a viagem ainda vai ser longa. Vamos aproveitar e conversar sobre as crianças.

Ainda bem que nossa família é grande, pois falamos de todos, inclusive de alguns amigos dos meninos, e nem tínhamos entrado no túnel sob o viaduto do Chá. Eu pensei que, quando chegássemos na 25 de Março, o trânsito iria fluir, e fluiu. Para o esgoto! Só piorou. O mar juntou com o oceano e eu podia nitidamente ver o rio Amazonas desembocando de um lado e o Nilo do outro. "O resto da cidade deve estar vazio, pois todos os carros de São Paulo estão aqui na avenida Tiradentes", eu pensei.

Agora, com todos despertos no carro, os espaços começaram a ficar menores. As fronteiras das linhas pontilhadas entre uma costura e outra nos assentos — que servem para dividir o espaço físico entre os filhos — já não existiam mais. Adriano, o caçula, já chora copiosamente, pois após o banho de sangue do agente Bourne, nem o Barney nem os Power Rangers tinham embarcado no carro para fazê-lo se acalmar.

Eu, já na fila da esquerda com a expectativa de que esta seria a que mais andaria, podia observar que sempre as do lado eram as que andavam, e toda vez que eu insistia em trocar de fila, a minha parava, e a em que eu estava antes andava. Aquilo começou a me irritar profundamente, mas pensei: "Até agora sou o único estável no carro. Não posso perder a linha".

O iPod, com o som no máximo, conseguia me excluir do ambiente externo em que me encontrava. Algumas vezes virei a cabeça de lado e pude ver, pelo movimento dos lábios e pelos olhos esbugalhados, que minha mulher tentava desesperadamente me falar alguma coisa, porém eu não podia ser interrompido naquele momento. Estava na transição entre o Evandro Mesquita da Blitz e o Roger do Ultraje.

Devo ter ficado no mesmo lugar, sem andar cinco centímetros sequer, por uns vinte minutos. Minha paciência até aquele momento era jônica, porém tudo tem limite, e o meu tinha terminado dois cruzamentos atrás.

O Diego, assim que acordou, disse com a voz sonolenta ainda:

— Pai, preciso ir ao banheiro. Só que é o número dois.

— Filhão, segura aí que dentro de uns vinte minutos estaremos na marginal. Aí eu paro no primeiro posto, ok?

Os vinte minutos viraram trinta e depois quarenta, e eu ainda nem perto da Pinacoteca do Estado, e a vontade dele começou a passar para mim, e eu pensei: "Ele é quase um adolescente. Consegue se segurar".

— Pai, e o posto? Está longe? Já estou com calafrios.

Eu, já suando, não conseguia nem sair da pista da esquerda quanto mais parar na calçada. Foi então que eu decidi utilizar toda a minha sinceridade e alertá-lo:

— Diegão, o negócio é o seguinte: a coisa não está boa para você. E estamos há quase uma hora na mesma quadra, e não tenho a menor possibilidade de trocar de faixa, portanto aquele posto de que eu falei há uma hora pode chegar só daqui a mais uma hora. Você vai ter que improvisar, amigão!

— Como assim "improvisar"? — gritou minha mulher. — Você está louco? O menino precisa ir ao banheiro!

Talvez ela tenha achado que eu não tivesse entendido da primeira vez que ele disse ou que eu não tivesse ouvido. Porra, ela estava no mesmo carro que eu. Além do mais, ela era engenheira, mesmo que tenha sido quatro filhos atrás. Ela ainda lembrava das leis da física, que dois corpos não podem ocupar o mesmo espaço ao mesmo tempo.

— Ok, dona! Como eu vou fazer pra tirar o carro desse lugar em que eu estou parado há mais de 56 minutos? Espero que você tenha trazido as hélices para colocar no teto do carro e transformá-lo em um helicóptero!

Todos nós a essa altura já sabíamos que o inevitável iria acontecer, só que ninguém tinha coragem de verbalizar, até que a Manoela teve uma ideia.

— Pai, por que você não pega uma fralda do Adriano e fala para o Diego colocar? Aí ele faz cocô na fralda assim como o Adriano!

Num primeiro momento pareceu uma loucura, mas depois que a poeira baixou, me pareceu a ideia mais sensata perante as que habitavam meu inconsciente.

— Nem a pau, pai! Não vou vestir uma fralda e fazer cocô. Isso seria como fazer cocô na calça!

Aliás, essa era uma das minhas opções. Fazer nas calças.

— Calma, Diego, não pode ser tão ruim assim. O quanto você está necessitado?

— Pai, é sério! Eu preciso muito!

Nesse momento ninguém mais se lembrava do trânsito e do fato de já estarmos havia mais de duas horas e meia dentro de um carro numa viagem que normalmente já deveria ter acabado.

— Já sei, pai, vou fazer num saquinho. Tem algum por aí?

Agora a babá, que já tinha acordado depois do tumulto todo, resolveu trabalhar. Tratou de esvaziar um saquinho de supermercado onde estavam as bolachas e garrafinhas d'água.

Mais do que depressa ele foi arreando as calças e pegando a sacolinha. O João Paulo, que estava logo ali na divisa seca dos domínios do Diego, bradou:

— Pai, ele está pelado! Ele vai mesmo fazer cocô no saquinho! Ai, que nojo! Acho que vou vomitar!

— Para, eu tenho que me concentrar, senão não sai!

— Olha, pai! Eu tô vendo! Eu não acredito. Pai, faz alguma coisa!

A essa altura o máximo que eu consegui fazer foi abrir todas as janelas e aumentar o som do iPod. O cheiro tomou conta do restrito ambiente em que estávamos, mas o problema já estava 50% resolvido.

Agora, o que fazer com aquele inconveniente embrulho? Como amenizar o cheiro dentro do carro? Nós estávamos exatamente onde tínhamos começado o embate havia 25 minutos, e as perspectivas continuavam péssimas.

A babá, num ímpeto de eficiência, resolveu acabar com nossos problemas, debruçou-se para fora do carro, rodou a sacolinha, assim como Davi fez com a funda quando atacou Golias, e a arremessou a uns oitenta metros de distância, deve ter caído quase no Brás.

Todos ficamos mudos por uns dez minutos e depois caímos na gargalhada em meio à ânsia de vômito. O barulho lá de fora nem tinha muita importância agora. Estávamos felizes e encabulados ao mesmo tempo. Como era possível alguém fazer aquilo? Só mesmo uma intimidade e uma cumplicidade plena nos permitiriam passar por aquela experiência e depois de tudo dar risada.

A viagem demorou mais duas horas e meia, sendo uma só na marginal.

Aquela cena que hoje é motivo de tantas lembranças para nós que estávamos lá, vez ou outra provocava uma gargalhada em um dos integrantes, trazendo o assunto de volta no carro. Com isso, a viagem se tornou curta e inesquecível a partir daí.

Não seja você o bicho-papão

Uma vez eu ouvi dizer que deixar um filho dormir na cama dos pais no meio da noite poderia fazer com que ele fosse uma pessoa insegura no futuro ou que poderia interferir na autoestima da criança. Amigos, se existe uma coisa em que eu tenho experiência é nesse negócio de criar filhos.

Do alto dos meus cinco filhos, na época com catorze anos de casado, e hoje, com 24 anos, já passei por poucas e boas. Dividir a cama com mais de uma pessoa pode soar um tanto quanto promíscuo para muitas pessoas. Para mim, porém, faz parte de uma rotina noturna que vem me acompanhando nesse tempo todo. Com certeza eu sempre contei com mais de um corpo me esquentando ou me abraçando nas noites frias paulistas. Muitas vezes mais de um filho em momentos distintos.

Durante as tempestades de verão, em que os relâmpagos eram constantes, as visitas eram quase que programadas. A impressão que eu tinha era que eles estavam esperando em fila do lado de fora do meu quarto, e assim que um se acomodava, logo em seguida a porta se abria e já vinha outro com o travesseiro nas mãos choramingando por causa do último trovão.

Foram longas noites nestes últimos anos. Idas e vindas os devolvendo para seus respectivos quartos até que a preguiça ou a exaustão, ou ambas, venciam. E eles finalmente podiam ficar se espremendo entre mim e a Ju. Tantas vezes tínhamos que acalmá-los em seus choros com o susto de um pesadelo e, finalmente, depois de muito cafuné e um beijo na testa, adormeciam ainda suspirando e com o canto dos olhos cheios de lágrimas angelicais.

Ora! Essa história de insegurança é conversa para boi dormir! Eu nunca ouvi dizer que amor demais faz mal, muito pelo contrário! Isso mesmo! Poder acolher seu pequeno num momento de fraqueza, dar carinho, poder passar a mão sobre sua cabeça e tranquilizá-lo de que ele está em segurança a seu lado é uma bênção. Essa atitude não pode causar mal algum no futuro ou no caráter de seu filho, mas sim deixá-lo com a certeza de que, em qualquer tempo, qualquer que seja a situação, ele poderá sempre contar com você.

Quer uma dica de quem tem experiência? Aproveite, pois o tempo passa muito rápido. Daqui a pouco eles vão crescer e não vão mais procurar nossa cama. Não que eles não queiram, mas porque não vão mais caber.

Durmam com Deus, meus filhos.

Almoço ou tsunami

Eu já devo ter comentado sobre quão interessante é compartilhar uma refeição com a família Arantes. É muito mais do que isso. É uma experiência única, surreal e inusitada. Com certeza. A começar pela quantidade de pessoas que participam desse evento: Ju, João Paulo I, Diego II, Pedro III, Manô IV, Adriano V e eu. No mínimo isso. Quando não temos os agregados e os amigos.

Precisamos sempre de uma mesa muito grande com várias cadeiras e bastante espaço para colocar as travessas — que precisam ser em tamanho extragrande, pois nunca podemos ter menos que doze bifes, ou nove ovos fritos, ou dois pacotes de macarrão. E o feijão, então? É praticamente servido num balde. Um dos erros da minha cozinha é não ter sido desenhada como uma cozinha industrial, igual aquelas de acampamento, manja? A coitada da cozinheira, recém-contratada, tinha uma vasta experiência em cuidar de um casal de velhinhos e caiu de paraquedas na casa dos *hooligans* — que não têm um paladar tão apurado, mas têm uma fome invejável. Até que ela pegasse o jeito, o *timing* e o apetite dos Arantes, foram muitas refeições com as travessas voltando praticamente vazias para a cozinha e as pobres das empregadas tendo que se virar com arroz e ovos fritos. Isso quando os "animais" não comiam todos os ovos da geladeira.

    Essa história que vou contar representa bem o que é nossa refeição. Estávamos curtindo férias de julho num dos lugares mais incríveis que eu já conheci, Londres. Lógico que, com esse batalhão todo, a possibilidade de ficar em hotéis havia muito tempo não fazia parte do meu roteiro. Alugamos uma casa com um casal de amigos querido, o Fritz e a Fê. Coitados! Era numa cidadezinha que fica nos arredores de Londres, em Kingston.

    Desde o começo, eu disse para o Fritz que queria dividir tudo proporcionalmente à quantidade de pessoas da família. Já ele foi irredutível e disse que seria *fifty/fifty*. Hoje ele deve estar tremendamente arrependido. Eles tinham dois filhos: o Frê — amigão do Pedro, o III — e o Cisco, que regulava com o Adriano, o V. Amores de meninos e tão agitados quanto os nossos. Tinha tudo para ser uma viagem bacana e muito, digamos assim, barulhenta. O único problema é que esses meninos não comiam praticamente nada, e com isso ficariam para trás em todas as refeições, pois eles não estavam acostumados em ter que disputar o seu lugar ao sol por um pedaço de pão ou um copo de leite. E lá em casa, meu amigo, quem não se defende "vira estatística", como diria o Capitão Nascimento.

    Nossa primeira ida ao supermercado foi hilária. Enquanto meu carrinho estava abarrotado com alguns litros de leite, várias marcas de iogurte, três tipos de cereais, verduras de várias cores e formas, o carrinho dos Stockler tinha apenas pão e duas garrafas de água. Mentira! O Fritz insistiu em comprar um presunto com molho de *honey mustard* que "deveria ser uma delícia", segundo ele. Na hora do caixa, eu voltei ao assunto de que cada um deveria pagar sua compra, mas foi em vão. Ele propôs diferente. Como ficaríamos muitos dias, cada vez um assumiria a conta do supermercado.

Eles já nos conheciam bem, mas passar dezessete dias debaixo do mesmo teto, compartilhando os mesmos espaços e a maioria das refeições, são outros quinhentos. No primeiro jantar, para nós que estávamos acostumados, foi o de sempre. Mas agora eram mais quatro integrantes na mesa e, quando chegou a panela do macarrão, a maioria dos Arantes, como de costume, se acotovelou e conseguiu encher o prato. Antes mesmo de sentar, já estavam dando as primeiras garfadas. Os pobres dos Stockler nem tinham pegado os pratos ainda e já tinha fulaninho repetindo. O Diego era o mais faminto. Eles fizeram um prato modesto contando com a quantidade de comida que fora feita.

O segundo e o terceiro turno foram mais light para meus filhos, mas foram o suficiente para praticamente raspar o fundo da panela. Tudo bem que o Frê e o Cisco nunca passariam da primeira rodada mesmo, mas nós, adultos, tivemos que nos virar e comer outro menu. Pensamos até em sair e comer alguma coisa em um restaurante por perto, mas quem iria ficar com os anjinhos? Aquela cena para nós era corriqueira, já estávamos acostumados. Porém quem nunca tinha presenciado assustava-se. Mais parecia um tsunami arrastando e levando tudo o que encontrava pela frente. Na terceira vez que fomos fazer as compras no mercadinho próximo de casa, o Fritz brincou comigo:

— Olha, Rick, pensando bem, não vou mais rachar as contas do supermercado contigo, você vai pagar tudo daqui para a frente!

Não é justo mesmo. Além dos seus filhos comerem muito mais do que os meus, eles nunca deixam nada sobrando pra nós, adultos.

Por um minuto engoli em seco. Pairou no ar minha dúvida se ele realmente estava falando sério, pois ele foi cortado por uma sonora gargalhada e um:

— Puta que pariu! Como seus filhos são bons de garfo!

Assim se sucederam também as refeições seguintes até que, nos últimos dias, aconteceu um fato inusitado que valeu a minha iniciativa dessa crônica. Já próximo da nossa volta para o Brasil, algumas coisas estavam micadas na geladeira, entre elas a travessa do presunto com *honey mustard* que o Fritz tinha comprado na primeira vez e alguns molhos de massas que não tiveram tanta saída assim. O Fritz veio com uma ideia que a princípio me pareceu estranha, mas resolvemos colocar em prática.

— Rick, vamos fazer o seguinte — disse ele —, vamos servir o prato com a massa na mesa e, quando seus filhos começarem o frenesi do ataque às panelas, que mais lembra um cardume de piranhas, nós colocamos a bandejinha com o presunto e os potes com os molhos ao lado da panela do macarrão.

Fizemos conforme o plano e, no minuto em que as garfadas começaram, servimos o presunto e os molhos. Deveríamos ter filmado, pois o roteiro foi seguido à risca. Sem muito questionamento e sem muita cerimônia, aos poucos, as fatias de presunto foram sendo consumidas, os potes de molhos foram sendo testados e aprovados por diferentes consumidores, até que, em poucos minutos, estava tudo limpinho e terminado.

Várias vezes os pratos voltavam para a pia praticamente limpos, parecendo que nem precisavam ser lavados, pois o restinho do molho havia sido raspado com o pedaço de pão que rodava pela mesa. Além disso tudo, tínhamos o "papa-fossa" — o Adriano, o V — que adorava terminar os pratos daqueles que não aguentavam chegar ao final, esperava todos irem embora e, com seu garfo afiado, ia de lugar em lugar terminando o serviço. Assim como um urubu fazendo o serviço sujo. Nesse caso, nem tão sujo assim.

É sempre uma delícia ver esse pessoal comendo.

Geração da maçã

Pode parecer uma loucura, mas você já deve estar, pelo menos, uns cinco anos atrás do seu filho mais novo. São tantos bits e bytes, alguns gigas, e agora tem os teras também. Como nós, que nascemos na geração do telex e vimos o surgimento do fax e achávamos que nada mais poderia ser inventado para facilitar nossa vida, iríamos sobreviver a essa tal de internet? A tecnologia veio para ficar e para nos ajudar, ou seria para nos deixar obsoletos?

Você alguma vez se sentiu impotente e inseguro com tantos botões, senhas e downloads que não deram certo? Você já se deu conta de que o celular que agora não desgruda da sua mão, não fazia parte do seu passado na hora do aconchego e do seu primeiro beijo?

Quantas vezes você viu seu filho escrever uma carta ou colocar um cartão-postal na caixa dos correios? Acho que elas nem existem mais!

Quando, no seu computador, tudo mais dá errado, em vez de tentar decodificar aquela mensagem de erro que salta numa janelinha no centro da sua tela, você acha mais fácil apertar CTRL + ALT + DEL?

Pois é. Estamos no mesmo barco, não se sinta humilhado ou inferiorizado por isso. Apesar de todo nosso esforço em tentar acompanhar os megahertz que ultrapassam nossa idade como foguetes, não passamos de recém-nascidos se comparados a nossos filhotes.

Outro dia eu estava observando meu pequeno Adriano, de apenas quatro anos, hoje com 12 anos de idade, e cheguei à conclusão de que esse cara tinha nascido com um iPad nas mãos, tamanha sua destreza em manusear aquele tablet que para mim parecia complicadíssimo e, para ele, era apenas um brinquedo de criança.

Sem falar dos iPhones que tiram fotos e servem como GPS para nos orientarmos em qualquer parte do mundo, vídeos, agendas e iPods com memória suficiente para tocar mais de um mês seguido de músicas diferentes que podem ser "baixadas" de qualquer lugar onde você esteja conectado.

Estamos incrustrados numa geração à qual não pertencemos e temos que remar muito para não ficar para trás. É uma geração que foi levantada por um maluco que um dia, da garagem da sua casa, resolveu mudar os conceitos da comunicação e colocou uma maçã no seu mundo e no nosso caminho.

Guerra e paz em família

Alguma vez você já teve a nítida impressão de que estava no meio de um campo de batalhas em sua própria casa? Se você tem mais de um filho, sabe exatamente do que eu estou falando. É uma eterna sensação de guerra e paz em família.

Irmãos têm, em seu DNA, uma combinação explosiva que, ao menor contato físico, acende uma centelha que pode causar a maior confusão.

No começo, eu achei que o problema fosse com a dupla, pois com apenas dois, eles estariam sempre disputando alguma coisa, o amor ou a atenção de alguém. Com a vinda do Pedro, o terceiro, minha teoria inicial veio por água abaixo! As brigas aumentaram ao cubo. Aí veio a Manô. Pronto! Com a chegada de uma menina as coisas iriam se acalmar. Ledo engano. Só piorou. Chegou o que faltava: uma pitada de histeria nas brigas. Elas deixaram de ser apenas os socos e os pontapés e passaram a ter os tapas e os puxões de cabelo.

Caramba! Será que é ódio? Será que eles nunca vão se entender? Será que em todas as famílias é a mesma coisa?

Com o Adriano na parada, com certeza as brigas estariam com os dias contados, certo? Errado de novo! Agora as brigas não tinham separação nem no sexo nem na idade. Era o mais velho com o mais novo, os dois do meio, a menina com o caçula e todas as outras combinações possíveis.

Mais uma vez utilizei o passado para checar se estava enxergando a fotografia de ponta-cabeça. Será que eu brigava tanto assim com meus irmãos? Nossa! Era um inferno. Coitada da minha mãe! Porém hoje não consigo ver minha vida sem ter meus irmãos a meu lado. Eles são a certeza de que nunca estarei sozinho.

Com isso formulei uma nova teoria: as brigas não são essenciais, mas são muito importantes para o crescimento e o conhecimento entre eles. Elas desempenham um papel fundamental para ensinar o "saber perdoar" e o "pedir perdão", para conhecer os limites da dor e do sofrimento do outro e, o mais importante, criar um vínculo de união que beira a dor da separação.

Não se preocupe! Se você achar que é só na sua casa, lembre-se que na minha é muito pior!

Irmãos que não brigam não criam intimidade.

A boa notícia é que eles se amam e não conseguem viver um sem o outro, hoje e sempre.

Porta aberta

Confiança é tudo na relação entre pai e filho. Desde pequeno, se seu filho aprende a ter esse sentimento dentro dele, seu caminho será bem mais fácil.

Não é a certeza de um sucesso ou de uma caminhada sem tombos e sem desvios, mas seguramente será um voo com auxílio de GPS, em vez de um às cegas, sem um piloto no comando.

Essa segurança será levantada ao longo do tempo e dependerá tanto de você quanto dele. Aprenda a confiar e respeite os limites que serão conquistados. Deixe sempre a porta aberta para que a curiosidade e o medo do desconhecido não o afastem de você.

Você sabe: tenho vários filhos em várias faixas etárias. Sensíveis, geniosos, tímidos, e outros nem tanto. Minha regra vale para qualquer um: mantenho sempre o diálogo aberto.

A época da ditadura e da repressão foi enterrada há muito tempo. Os repetidos "nãos" e as caras fechadas só servem para uma coisa, construir muros intransponíveis e distanciar os relacionamentos. O que não quer dizer que você nunca irá negar algo para seu filho, porém é sempre bom que ambos conheçam até onde podem ir.

Nunca ache que já falou o suficiente sobre aquele tema polêmico. É sempre bom lembrar seu filho de que, por mais que ele tenha certeza do contrário, você ou já passou por aquele problema ou poderá ajudá-lo a sair dele. Lógico! Desde que ele confie em você.

Para tanto, a conversa, ou mesmo o ato de passar a mão sobre os ombros dando o sinal de que você estará ali quando for necessário, é o suficiente para que seu filho tenha a convicção de que você sempre será a melhor alternativa.

Como sou pouco ortodoxo nesse quesito, sou muito mais do cara a cara, do beijar, do cheirar e, por que não, do chorar junto, do que tentar criar esse vínculo somente por sinais, que muitas vezes são entendidos, mas podem ser interpretados de uma forma diferente. Por isso prefiro muito mais deixar clara a minha opinião e meu ponto de vista, por mais que ele divirja do ponto de vista do meu filho, para daí para a frente chegarmos a um acordo.

Ame seu filho e faça com que ele se sinta bem a seu lado. Acredite nele, mas faça com que ele acredite em você. Seja um exemplo de pessoa e de pai, principalmente.

A confiança é construída ao longo de uma vida toda e poderá ser perdida num simples NÃO.

Começando as férias com o pé esquerdo

O primeiro dia de férias é sempre muito esperado por todas as famílias, mas o da minha particularmente é muito mais. Não preciso nem dizer que qualquer que seja a nossa aventura, desde um simples feriado em Itu até uma complexa jornada pelo Himalaia, estar conosco é sempre ter certeza de grandes emoções. Ou no começo, ou durante a viagem, ou na chegada. Muitas vezes nas três etapas.

Esta história que vou contar pode até parecer um conto de ficção, mas, acreditem, não é! O editor, inclusive, quando recebeu meu manuscrito, após muitas gargalhadas, criou coragem, resolveu me ligar e, meio que sem graça, me perguntou:

— Rick, eu sei que a maioria de seus contos são narrativas reais do cotidiano da sua agitada família, mas este em específico não é. É?

Eu também não tive como esconder meu constrangimento e disse:

— Pois é! Isso é normal aqui conosco, os Arantes.

Tudo começou meses atrás, mesmo antes de decidirmos viajar. Na realidade, dessa vez a decisão foi monocrática.

Tinha sido um ano difícil, com muitas mudanças em minha empresa. Transformações que estavam tirando meu sono e, para piorar, eu já havia tirado uns trinta dias de férias no ano. Então disse para a Ju que naquele fim de ano iríamos todos ficar em São Paulo.

Curtir a metrópole vazia, ir ao cinema sem horário, pedalar pelo bairro sem a neura de morrer atropelado. No máximo, iríamos para o Sítio Beira Rio, para não dizer que não viajamos nas férias.

A princípio ela entendeu e concordou complacentemente. Mas você sabe como são as mulheres, não sabe? O simples fato de não estar junto com todos os membros da família no Natal e no réveillon estava dando uma comichão naquela mulher.

Foi quando ela resolveu colocar aquela brilhante cabeça de engenheira para funcionar e resolveu meio que por debaixo dos panos burlar nosso prévio acordo. Numa matemática maluca, resolveu juntar todos os presentes que o dr. Walid, o sogrão, dava para os netos e filhas nos aniversários e no Natal — nesse caso, dólares. Para a felicidade dela, 80% dos nossos filhos nasceram em outubro, novembro e dezembro, e ela mesma, ainda por cima, faz aniversário dia 3 de dezembro. Não sei como, mas ela conseguiu juntar o suficiente para comprar as passagens de todos os filhos e a dela para Weston, na Flórida, onde toda a família, mais uma vez, estaria reunida.

Ela guardou esse segredo até o finalzinho de novembro, data limite para a emissão da MINHA passagem que, segundo ela, seria o único dinheiro que eu gastaria na viagem inteira.

Como ela nunca tinha pagado as contas das nossas viagens, não sabia que tudo nosso era multiplicado por sete. Então, uma simples Coca-Cola já pesava no orçamento da viagem.

Depois de refeito do susto e de algumas discussões que terminavam sempre num beco sem saída onde o argumento dela sobre como era importante a infância dos primos sempre juntos e tudo mais, resolvi mais uma vez ceder e tentar acreditar que meu único gasto seria realmente minha passagem. Porém eu tinha que dar uma lição a ela por decidir sozinha, sem me consultar.

— É o seguinte, Ju, eu não quero nem saber de nada. Você resolve tudo. Emite as passagens, marca os assentos, pega meu cartão de crédito e faz o pagamento. Nessa eu quero ir de convidado, tá certo?

Assim eu acreditei que ela seria capaz, de uma vez por todas, de desmamar da sua eterna dependência e finalmente organizar a nossa viagem. Eu me esqueci que, além de contar comigo como babá, ela tinha mais três irmãs para fazer o mesmo papel. Além do fato de que era muito mais fácil delegar essa tarefa para uma das irmãs que já estava acostumada a cobrir a retaguarda na minha ausência. Com um simples telefonema ela já tinha resolvido o problema. Passou o abacaxi para a Luciana, a irmã que sempre resolvia as buchas insolúveis que ela criava.

Pacientemente a Luciana fez tudo. Juntou as milhas, reservou as passagens e até mesmo marcou os assentos. Imprimiu as reservas e entregou lá em casa num envelope com os seguintes dizeres: VIAGEM JULIANA E FAMÍLIA.

Não preciso dizer que os dias voaram e o fim do ano chegou.

No grupo de WhatsApp da família os preparativos estavam a milhão. À medida que o dia da viagem se aproximava, o frenesi com os planos e com a possibilidade de mais uma vez estarem todos os catorze primos debaixo do mesmo teto era claro e eminente.

Como éramos muitos, sempre tomávamos a precaução de dividirmos as famílias em voos ou datas diferentes para evitar o tumulto entre os primos no embarque, dentro do avião ou até mesmo na chegada. Sempre, uma ou outra família, ia um dia antes ou um dia depois. Nesse caso a nossa família, segundo a Ju, iria no mesmo dia em que a família da Lu, os Lutfalla.

Por várias vezes eu escutei a Ju comentando com os outros que a nossa viagem estava marcada para o dia 20 de dezembro.

Numa das trocas de e-mails em que eu fui copiado entre as irmãs, com toda a programação, eu dei uma corrida de olho e vi que uma das famílias iria no dia 21 e as outras no dia 20.

Como eu tinha me comprometido a ir como convidado, não dei muita importância, simplesmente dei um telefonema para a Ju.

— Ju, eu vi que uma das famílias vai no dia 21. Você quer conferir para saber se somos nós os Arantes, os Haddad ou os Lutfalla?

— Ai, Rick! Você deve achar que sou uma incompetente, né? — ela esbravejou.

— Não, meu amor, simplesmente estou pedindo para você conferir — eu repliquei.

— Eu já te disse, já vi tudinho com a Luciana. Está tudo certo! Embarcamos às duas horas da tarde no dia 20 de dezembro.

Lá na frente, depois de tudo pronto, fiquei sabendo que, em vez de ela conferir como eu havia solicitado, simplesmente ligou para a Lu e perguntou:

— Lu, está tudo certo para a nossa viagem no dia 20, para as férias?

Logicamente ela respondeu que estava tudo certo, pois a viagem dela, Lu, estava marcada e com tudo certo para o dia 20, conforme a Ju perguntou, porém a conferência das datas e demais informações da nossa viagem ela, havia muito, já tinha repassado para minha querida esposa e imaginou que a Ju tivesse conferido e confirmado tudo.

— Sim, Ju, tudo certo, nós [os Lutfalla] embarcamos dia 20, às catorze.

Eu ainda tive a pachorra de gastar mais uma ligação para minha mulher uns dias mais tarde e mais uma vez perguntei:

— Meu amor, você conferiu o que eu te pedi? Você checou nossas passagens? Está tudo certo?

Mais uma vez, ela foi enfática e retrucou:

— Não vou nem te responder. Confie em mim!

A noite que antecede nossos embarques são sempre um estresse, e nisso eu tenho que reconhecer a capacidade impressionante da minha esposa para organizar e planejar toda a logística e o trabalho de empacotar toda a equipagem da nossa enorme família. Se fazer malas é uma arte, a Ju é um Michelangelo.

Como sou escolado e tenho antecedentes que corroboram com as estatísticas, sempre tomo o cuidado de sair de casa quatro horas antes do voo. Um carro quebrado nas marginais, alagamentos em épocas de chuvas ou mesmo um pneu furado... Eu sempre penso que o improvável pode acontecer e isso sempre me salvou de roubadas homéricas.

Colocar todos no carro, acomodar todas as malas dentro do porta-malas e sair do Centro de São Paulo. Só nessa brincadeira já tínhamos perdido mais de quarenta minutos.

Com muita folga, chegamos ao Aeroporto Internacional de Guarulhos. Até para sair do carro a cena da minha família é hilária. Iam sendo expelidos para fora do veículo, um a um, como se tivessem sidos prensados à força lá dentro. Depois vinham as malas que estavam sobre a cabeça dos meninos, pois não coube tudo dentro do porta-malas.

Chegamos à companhia aérea. Eu já suando de tanto "tira e põe" de mala, "empurra e puxa" de carrinho, mas finalmente lá estávamos. Passaportes nas mãos, um a um a atendente foi conferindo e recontando, pois, em vários, o visto de um passaporte já estava vencido, mas um segundo passaporte fazia parte do combo. Imagine! Sete pessoas, algumas delas com dois passaportes. No mínimo estamos falando de nove ou dez documentos.

"Seria possível todos serem da mesma família?", deve ter pensado a atendente.

Depois de ter conferido toda a documentação, começou a novela. As mãos ágeis no teclado do computador insistiam em não obedecer aos comandos que eram dados pela Graciane — este era o nome da atendente. Aquela funcionária, que deve ter sido colocada por Deus ali na minha frente, estava travando uma batalha ferrenha com o sistema da companhia.

Comecei a ficar preocupado quando ela abriu e fechou nossos passaportes pela terceira vez. De repente ela sai de trás do balcão e entra naquela salinha logo depois das esteiras.

"Vixi! Ferrou!", pensei eu.

Naquele momento começamos todos a ficar apreensivos. Os meninos, que até então estavam displicentes curtindo seus fones enterrados nos ouvidos, esperando o próximo comando de mudar de lugar, perceberam que algo estava errado. Mais atento, o Pedro perguntou:

— Está tudo bem, pai?

— Sim, meu filho, como somos muitos, a reserva deve estar dividida em duas. Deve ser isso — respondi prontamente com muita segurança.

A Graciane voltou e novamente a batalha entre as pontas dos dedos e o teclado era o único som que estávamos ouvindo. Minha esposa se aventurou e resolveu perguntar:

— Está tudo certo? Temos algum problema?

Ela, com um sorriso amarelo, respondeu:

— É que não estou achando a reserva de vocês. Deve ser problema do sistema — ela tentou nos tranquilizar. — Esse sistema já me deixou na mão duas vezes hoje.

Aliviados, os meninos desviaram o olhar e voltaram às suas músicas. Eu, porém, me mantive rijo e nervoso. Sei que a desculpa do sistema é a mais comum entre as utilizadas quando tudo mais dá errado. Consegui sentir uma gota de suor escorrendo pelo meio das minhas costas quando, mais uma vez, nossa atendente abriu e fechou os passaportes.

— Com certeza tem algo errado! — exclamou Diego.

Num momento de lucidez, Pedro perguntou:

— Mãe, você não tem os e-tickets impressos? Então, mostra aí para a moça!

Um sorriso veio no rosto da minha esposa, do tipo: "Lógico! Está tudo aqui no envelope que minha irmã Lu deixou em casa. Tudo sob controle".

Começava ali uma nova guerra. Agora as mãos da Ju é que escavavam ferozmente as entranhas da sua bolsa para encontrar aquele maldito envelope com todas as informações do voo.

Finalmente:

— Achei! — ela bradou com um suspiro de alívio.

Olhou todos ao redor com um ar de superioridade do tipo: "Viu? Vocês achavam que eu não era capaz!".

A Graciane abriu o envelope, leu e voltou a digitar com calma agora na esperança de resolver aquele impasse.

Do nada, ela soltou um sorriso que contagiou a todos que estávamos na expectativa de uma boa notícia, e junto com ela sorrimos.

— Pronto! Achei! — disse ela. — Eu não encontrava, pois tem um detalhe aqui!

Murchamos os sorrisos e ficamos petrificados.

— O problema é que o voo de vocês não é hoje, é amanhã — informou ela balançando a cabeça.

Com um ar de indignação, o Pedro esbravejou:

— EU NÃO ACREDITO NESSA MULHER!

Por muito tempo ficamos sem entender se aquela reclamação era para a atendente ou para a mãe dele, mas pouco importava naquele momento. Dali para a frente, tudo que viesse a acontecer seria mais um capítulo dos dramas de estar em uma família tão numerosa quanto a nossa.

— Meu amor, você entende minha situação? — eu pacientemente questionei a Graciane. — Já estamos todos aqui, as malas feitas, já viajamos de São Paulo para Guarulhos. Todos prontos e a postos! Ajude-me, por favor! — eu supliquei.

Nesse momento, comecei mentalmente a fazer as contas do tamanho do prejuízo com que eu teria que arcar, pois, como eu sei, qualquer conta na minha família é multiplicada por sete! Quase chorando, eu perguntei:

— Tem como você verificar, por favor, se é possível mudar nosso voo de amanhã para hoje? E quanto sairia a mais por pessoa, caso consiga essa mudança?

Ela, mais do que depressa, voltou a teclar e a se concentrar nas telas abertas em seu computador. Abre outra, fecha uma, atalho, volta nos passaportes, digita código, pausa. Ela se levanta e entra naquele quartinho atrás das esteiras sem nem ao menos nos dar uma dica de como iria terminar nosso impasse.

Doze longos minutos se passaram até que ela voltasse com muitos papéis nas mãos.

— Pronto! Resolvido — disse ela. — Na realidade, esse pequeno mal-entendido acabou me ajudando a te ajudar — ela continuou. — Como o voo de amanhã está abarrotado, eu embarcarei o senhor e a sua família hoje, abriu alguns lugares para pessoas da lista de espera.

— Tá certo! Mas quanto isso irá me custar? — Já prevendo o tamanho da conta que viria com tamanha benevolência.

Mais alguns minutos entre tela do computador, salinha e conversas com o supervisor e o sorriso estampado no rosto da minha salvadora, a Graciane, seguramente indicava que ela era portadora de boas notícias.

— Senhor Arantes, eu tenho uma boa e uma má notícia. Qual o senhor quer primeiro? — ela perguntou com um ar irônico e eu esperando a cacetada do valor.

— A má notícia primeiro, sempre — eu disse.

— Pois então. A má notícia é que, como está muito em cima da hora e vocês são muitos, irão viajar em lugares distantes dentro da aeronave.

Mal sabia ela que essa era, sem dúvida, a melhor notícia do dia. Poder viajar por nove horas sem brigas, discussões e empurra-empurra era como receber um *upgrade* e ir de primeira classe.

— Tá certo, Graciane, mas se essa era a má notícia, qual seria a boa? — indaguei.

— A boa notícia é que, como isso nos ajudará amanhã, não terá custo algum para o senhor. — Sorrindo mais ainda, ela voltou a balançar a cabeça como sinal de dever cumprido.

Despachamos as malas, tíquetes nas mãos. Lógico que sermos parados pela Polícia Federal foi outra operação digna de outra história e, finalmente, embarcamos.

Eu estava sentado tranquilamente no meu assento sozinho, longe da muvuca dos Arantes, me preparando para a decolagem, e a Ju veio caminhando pelo corredor do avião.

Com um ar de superioridade, chegou até mim, reclinou-se e comentou no meu ouvido:

— Meu amor, pode confiar em mim sempre. Eu estava com tudo sob controle desde o princípio.

Arregalei os olhos espantado e, juntos, soltamos uma sonora gargalhada e nos beijamos.

Era muito bom começar uma viagem com os Arantes assim com o pé esquerdo, pois isso era um sinal de que tudo dali para a frente daria certo e seria inesquecível, mais uma vez.

Jingle bells

Dezembro é um mês mágico! É o último e o mais curto apesar de ter 31 dias. Tudo termina a partir do dia quinze. Os negócios terminam, as aulas terminam e a vontade de chegar logo o dia 25 aumenta.

Como é bom o Natal! As cidades todas enfeitadas, as árvores todas iluminadas, todo mundo sorrindo e com o coração aberto e pronto para fazer o bem. É incrível como a sensibilidade das pessoas aflora. Nessa época, todos nós estamos dispostos a ajudar e a amar muito mais intensamente do que no resto do ano.

Todos aqueles filmes temáticos e os desenhos animados nos fazem voltar a ser crianças. Lembrarmo-nos de como era gostoso ficar esperando o Papai Noel chegar com seu trenó e as renas, até que adormecíamos ou até que aquele tio viesse pela porta dos fundos e tocasse a campainha, e os presentes já estavam todos lá! Ainda assim insistíamos em apontar para o céu, tendo certeza de que aquela estrela era sim o bom velhinho!

Hoje posso desfrutar dessa história mais uma vez, só que agora do outro lado da porta. Dividido entre segurar a esperança dos pequenos e cercar a vontade dos mais velhos em estragar o segredo que, enquanto dura, é mágico. Não só para eles como para nós.

Quem nunca tirou o sábado para reunir a família e desempacotar a árvore ainda empoeirada do Natal passado, desenrolar todas aquelas benditas "lampadazinhas" que insistem em queimar de um ano para o outro, aqueles enfeites, os novos e os velhos, os sininhos? Esse exercício, além de unir a todos, faz bem à alma e deixa o coração pronto para a bênção de dar e receber.

Os Natais aqui em casa são um evento daqueles que, quando velhinhos, meus filhos vão se lembrar e se emocionar. Como sempre, muitas pessoas e dezenas de crianças. Amigo secreto e amigo da onça. Só da parte da Ju, temos mais três famílias, os Haddad — com a Clô, irmã da Ju, o Serginho, marido dela, e os três filhos: Juju, a mais velha e com a idade do Jampa I, o André e o Fernando. Depois tem os Lutfalla: a Lu, que é casada com o Nando e tem as três meninas: Marina, Cami e Luiza, respectivamente da mesma idade dos meus três filhos. E tem a Paula, que mora fora do país e é casada com o Marco, e também tem três filhos: o Mauro, a Vicky e a Maria, porém são mais velhos que os nossos filhos. Só aí já temos a casa cheia.

O grupo dos mais velhos sentados à beira da mesa esperando servir o jantar, as crianças correndo no jardim, os adolescentes nos aplicativos de mensagem de seus celulares — talvez mandando uma mensagem para o Papai Noel chegar logo —, mas com certeza todos felizes e satisfeitos por estarem reunidos e em paz no seio de uma família, como diria Pedro, o III, invejável.

Um Natal cheio de realizações e de muita PAZ.

Comemore o ano inteiro e tenha um Feliz Natal!

Lotação TRICOLOR

Sempre fui um aficionado por carros, aliás a maioria dos homens é! Num belo dia, abri o *Estadão* de domingo e li o seguinte anúncio: "Vende-se Landau 80 — ótimo estado para levar noiva em casamento".

Na segunda-feira, às oito da manhã, eu já era o feliz proprietário de uma relíquia dos anos 1980. Não sei se por nostalgia ou pelo simples fato de o meu pai ter tido um desses na época, sempre tive vontade de ter meu carro de pai de família, afinal de contas, eu agora já tinha a minha e ela era bem maior que a do meu pai. Comprei por uma verdadeira pechincha e gastei uma verdadeira fortuna para reformá-lo. O pior de tudo foi ter que aguentar minha esposa reclamando que ocupava um espaço na garagem e que volta e meia tinha uma poça de óleo no chão. Resultado, vendi o infeliz antes de poder aproveitá-lo muito.

Mais tarde, eu fiz outra loucura no primeiro boom da internet, no maior site de compras on-line que vendia desde vestidos de noivas usados até pneu de bicicleta antiga. Estava surfando e eis que encontrei: "Kombi 1975 excelente estado, estilo saia e blusa (duas cores)". Resolvi ligar e ver se estava em condições. O carro estava no Sul e deveria demorar umas duas semanas para vir até aqui. Num momento de insanidade total, comprei e mandei carregar. Dinheiro na frente e a dúvida em saber se a encomenda chegaria.

Chegou! Estava linda. Um pouco judiada, é verdade, mas nada que uma funilaria não resolvesse.

Mais uns dez meses, alguns milhares de reais e ela ficou zerinho. Como se tivesse acabado de sair da fábrica. Os bancos eram brancos, assim como a direção. A tapeçaria do chão ficou vermelha. Os detalhes cromados foram cuidadosamente encontrados na Duque de Caxias. A cereja do bolo foi o sirizinho na haste do câmbio.

A intenção sempre foi arrumar um carro em que coubessem toda a família e os amigos dos filhos para podermos ir aos jogos do tricolor. Nos primeiros jogos da Libertadores foi uma farra, pois os amigos falavam para os amigos dos amigos e isso acabou virando uma corrente.

Toda terça-feira, eu já era "cercado" na escola:

— Tio, você me leva ao jogo amanhã?

— Lógico, amigão! Vou falar com seu pai e eu te pego em casa, ok?

— Vamos com a Kombi, né, tio?

Nossa chegada ao Morumbi era sempre apoteótica. Os flanelinhas brigavam a tapas para ver quem tomaria conta da nossa lotação tricolor. Os torcedores sempre vibravam quando passávamos buzinando e agitando as bandeiras pelas vias do Palácio do Governo, afinal de contas, não é toda hora que vemos uma Kombi 1975, preta, vermelha e branca, lotada de moleques. E assim foi por várias e várias quartas-feiras até que o São Paulo saísse da Libertadores. Repetimos esse ritual por alguns anos com vários amigos, com chuva, com frio, sem gols, com gol de goleiro, mas sempre valeu a pena. Era um momento em que nós podíamos nos sentir à vontade, xingar o juiz e a mãe dele sem peso na consciência.

Tinha sempre um amigo em particular que me dava especial prazer em levar: o Arthur. O guri era pé quente, nunca perdemos um jogo sequer —, a situação de estar na Kombi gritando e chegando perto do Morumbi com ele era mágica, pois eu voltava a ser criança e ele se sentia um adulto comigo. Para meus filhos aqueles dias foram únicos.

Muitas noites e todos roucos de tanto gritar e algumas com um nó entalado na garganta com a derrota do nosso time. Algumas vezes tive que carregar nos braços os pequenos que adormeciam na volta para casa, já cansados de torcer ou de chorar. Momentos como esses fazem essa paixão por futebol ser tão doentia e sadia ao mesmo tempo.

Como te amo, tricolor!

Rodas da liberdade

Algumas fases da vida dos nossos filhos são realmente dolorosas: o desmame, o primeiro dia de escola, o primeiro fora da namorada, as espinhas na cara, muitos choros e algumas decepções.

Vou comentar uma que faz uma analogia para a vida adulta dos nossos rebentos, e é tão dolorosa para eles quanto para nós.

Você ensinou o seu filho a andar de bicicleta sem rodinhas? Então você sabe muito bem do que eu estou falando!

Nos primeiros momentos, vem aquele pânico de que nada dará certo, são tantos tombos, tantas tentativas... No plano, na ladeira, no asfalto, na terra, na grama, com o banco mais alto ou mais baixo, a impressão é que esta é uma tarefa impossível de ser realizada, mas aí lembramos: "Peraí... Todo mundo sabe andar! Não deve ser tão duro assim!".

Aí vêm os tombos, os ralados e as inevitáveis lágrimas. Com isso, aquilo que parecia impossível se torna improvável.

Eis que percebemos que o que está realmente acontecendo é que eles estão simplesmente muito mais confortáveis e confiantes quando estamos com as mãos sobre seus ombros ou segurando o banco e por isso não querem sair e pedalar por conta própria.

Por mais que corramos e nos abaixemos, incentivemos e, algumas vezes, percamos a paciência, nada de as pedaladas saírem do nosso raio de ação. O cansaço, a dor nas costas e o sentimento de impotência na nossa empreitada por um momento nos fazem pensar em desistir.

É quando percebemos que o vento começa a bater mais forte no rosto, que a força e o equilíbrio são mais firmes e, como num passe de mágica, eles estão por conta própria. Muitas vezes cambaleantes, algumas olhando para trás para se certificarem de que não tem ninguém sobre seus ombros e outras tantas sem sequer se importar com quão duro foi chegar àquele ponto.

Meu amigo, a vida vai ser assim: prepare-se! Quando você menos esperar nossos pequenos estarão pedalando por conta própria, percorrendo ruas e becos por onde talvez você nunca entrasse, descobrindo novos caminhos, suando a camisa para subir a ladeira da vida.

Eles sempre terão a certeza de que, em algum momento daquele longo passeio, as mãos pesadas, mas ao mesmo tempo gentis e seguras, os suportaram para que eles não caíssem ou, se o fizessem, para que estivessem o mais protegidos possível. Mesmo que os tombos lhes custassem algumas cicatrizes.

Temos que aceitar, feliz ou infelizmente, que o tempo com eles sobre nossos braços é restrito, portanto aproveite ao máximo, pois o amanhã já é o presente.

Tenho que confessar e creditar que essa árdua tarefa de ensinar meus filhos a andar de bicicleta pertenceu à minha virtuosa esposa que, por horas a fio e sob o sol escaldante de Itu, conseguiu não só colocar todos pedalando por conta própria como vários sobrinhos e amigos dos filhos. Fiquei cansado só de observar e relatar. Obrigado, minha vida, por todo o seu amor.

L'amitié

Parecia uma cena de filme, daqueles antigos que nós da outra geração costumávamos assistir, muitas vezes em preto e branco e quase sempre nas madrugadas de insônia.

Impressionantemente a minha mulher tinha conseguido a façanha de remanejar e encaixar os nossos cinco filhos em casas e agendas diversas para que eles simplesmente nem sentissem nossa falta.

Raras eram as ocasiões como esta, em que nós dois como casal tínhamos as nossas merecidas férias, ou segunda lua de mel.

Apertadinhos dentro de um táxi, num fim de tarde chuvoso e frio, a caminho de mais uma experiência gastronômica na Cidade Luz, estávamos nós quatro: Ju e eu, e Cris e Marcelo, ou simplesmente os Yunes.

Os assuntos eram sempre variados, e as gargalhadas vinham muito fácil, pois nós já tínhamos vivido tantas histórias juntos, compartilhado tantas angústias em comum, que a impressão que dava é que fazíamos parte de uma mesma família, ou será que não éramos?

Como acontecia com a maioria dos meus grandes amigos, a insanidade em ter filhos era uma máxima, e coincidência ou não, os filhos deles também eram grandes amigos dos meus.

O Pedrinho, filho mais velho deles, era um amigão e tinha a mesma vibe e os mesmos gostos refinados para as coisas boas da vida, assim como o Jampa, o I, meu primogênito.

O Luca, o segundo, era parça e eterno cúmplice do Pedro, o III; sempre estavam nas mesmas confusões, mas o Yunes era a medida de bom senso e de responsabilidade da turma daqueles meninos, sempre os fazia pôr os pés no chão e os alertava para as consequências de uma atitude impensada.

Tinha o Rafa, um verdadeiro anjinho, que era a versão masculina da minha querida e mimada Manô, a IV. Até as cores deles eram iguais. Era um menino que estava sempre sorrindo e que todo mundo queria apertar e pegar no colo quando bebê, tal qual a minha Manozinha — era assim que a Cris Yunes se referia a ela. Nossos sonhos como pais eram que os dois um dia se casassem, mas é lógico que na nossa sociedade moderna esses casamentos arranjados não existem mais, graças a Deus. Porém essa nossa proximidade constante fez com que os dois virassem amigos-irmãos, o que para nós, pais, é ainda mais gratificante.

Voltando para a cena do táxi: estávamos justamente nos lembrando das diversas histórias e das inúmeras vezes que estivemos juntos, dos sustos que já passamos e das angústias que sofremos com nossos filhos, quando me veio uma vontade incontrolável de dividir com eles toda a minha gratidão por aquele momento.

Indelicadamente interrompi a Cris, que estava tagarelando e fofocando com a Ju sobre um assunto que nem me lembro ao certo o que era, mas que com certeza seria menos relevante do que o que eu tinha para falar naquele momento.

Eu precisava compartilhar com eles o que significava para mim poder fazer parte da vida deles, do quanto era importante para a minha família estarmos todos na mesma página.

Como num estouro de uma boiada comecei a relembrar todas as viagens, as apresentações na escola, os jogos de futebol e os intermináveis fins de semana na casa deles na Barô, uma casa de campo que era um dos poucos lugares onde cabia a família Arantes inteira, e para a qual eles insistentemente nos convidavam, e nós também quase nunca recusávamos.

A Ju tinha uma capacidade incompreensível de agregar e adicionar novas turmas e amigos à nossa vida social, eu, por outro lado, era mais "chato" e mais seletivo, com menos paciência, e preferia sempre estar com aqueles que realmente importavam para mim, de ficar com pessoas que significavam e que tocavam de uma maneira especial a minha vida.

Ali estava um casal que eu levaria para a vida toda, uma família que nem era do mesmo tamanho, e que infelizmente era corintiana, mas que tinha os mesmos princípios e os mesmos zelos que eu tinha pela minha.

Pessoas que fizeram a diferença nas nossas vidas, que somaram valores como indivíduos e com quem sempre pudemos contar nos dias mais escuros e nas noites mais sombrias. Porém, que também estavam conosco quando estávamos comemorando nossas conquistas e que sorriram com a gente nas nossas alegrias.

Aqueles eram nossos verdadeiros amigos, parceiros de uma vida, nossos irmãos de escolha, que não eram de nascimento, nem filhos do mesmo pai e da mesma mãe, mas que um dia entraram em casa e que nós tínhamos adotado como nossos.

Fui revivendo e reforçando a importância dos momentos e do real significado de estarmos mais uma vez tendo aquela oportunidade, vivendo aquele momento único e inevitavelmente, como era de costume, vieram as lágrimas, e com elas tudo aquilo que eu tinha acabado de expressar foi sacramentado e reconfirmado.

Por um momento eu parei, me recompus e simplesmente agradeci.

Agradeci pela vida deles, pelo carinho que sempre tiveram conosco, pela lealdade, pela atenção com nossos filhos e por tantas experiências juntos.

Agradeci pelo simples fato de poder tê-los como AMIGOS.

A Cris, que era mais emotiva, assim como eu, não fazia questão de se controlar e também a essa altura já até soluçava, o Marcelão e a Ju, mais firmes, simplesmente estavam com os olhos cheios d'água, mas com um sorriso no rosto. Quase que simultaneamente nos abraçamos, e todos agradecemos por aquele instante que nunca mais sairia de nossa memória.

Finalmente chegamos a nosso destino, o restaurante L'Avenue — o taxista, sem entender absolutamente nada, vez ou outra olhava de rabo de olho pelo retrovisor, para verificar se estava tudo em ordem.

O restante de nossos amigos já estava em pé do lado de fora do restaurante nos esperando, e assim que paramos o táxi na porta todos descemos com os olhos molhados e inchados, mas sorrindo. Eles nos olharam, ficaram mudos por um instante e acharam melhor não perguntar nada, mas a curiosidade de entender o que tinha acontecido dentro daquele táxi tomou conta de todos durante o jantar.

Não tinha acontecido nada, ou melhor, nós simplesmente estávamos agradecidos por aquele nosso presente, que não tem preço nem tamanho, mas que vale muito e que é do tamanho da nossa vida, a AMIZADE.

Semana infernal

Você assistiu ao filme *Tropa de Elite*? Sabe aquela cena em que eles estão em treinamento em um lugar afastado e o capitão Nascimento diz que oitenta por cento dos candidatos não passam da primeira semana, também conhecida como "semana infernal"?

Pois então! Eu já vivi a experiência da semana infernal e posso dizer com absoluta certeza que mais de oitenta por cento dos pais não passariam da primeira semana.

A Ju tem um grupo de amigas antigas que se veem com certa frequência e, há uns dois anos, elas resolveram fazer uma viagem para manter os laços, espairecer, fofocar e fazer compras.

Num primeiro momento, a própria Ju hesitou, mas logo se convenceu de que aquilo seria importante e que ela merecia uma semana de férias.

— Você acha que aguenta uma semana sem a minha presença? Organizar e planejar a rotina de todos aqui em casa?

Tá louca? Eu administro uma empresa com mais de 250 funcionários, mais de quarenta mil cabeças de gado, e ela me pergunta se eu consigo tocar uma casa com apenas quatro funcionários e cinco crianças?

— Fica fria, meu amor, pode viajar tranquila! Tenho certeza de que a casa vai funcionar muito melhor do que quando você está por aqui!

Daí em diante a contagem regressiva para a tão esperada viagem voou. Todos os dias eu percebia uma movimentação suspeita e anormal por parte da Ju. O tão esperado dia chegou. Levei-a ao aeroporto no domingo. Como boa engenheira de ofício, Ju me deixou um presente. Deparei-me com um incrível e inexplicável fluxograma com setas coloridas e caixinhas de texto grifadas, afixado na porta da geladeira. Aproximei-me e verifiquei que tinha os dias da semana no sentido horizontal e o nome dos filhos no sentido vertical, ou seja, era uma tabela de cinco colunas por cinco linhas, traduzindo para a linguagem do Excel.

As tarefas e atividades de cada um eram espalhadas durante os dias úteis. Telefones de babás e motoristas com colchetes indicando quais crianças deveriam estar juntas na atividade e quem voltaria de carona. Que atividades às quais eu deveria comparecer com certeza e algumas pintadas cuidadosamente de amarelo, com os seguintes dizeres: "Se der, apareça, seu filho vai gostar".

Eram aulas de futebol, canto, natação, piano, português, festas de aniversário, apresentação na escola, reunião com os professores, ECAs (*extracurricular activities*)... Nossa! Será que resolveram fazer tudo justamente na semana em que a Ju não estaria aqui?

Segunda e terça-feira foram os dias mais complicados, pois as coisas tinham que entrar nos eixos, e os horários, embora já predeterminados, tinham que ser supervisionados por mim. Coisa de que, até então, eu não participava. Meu telefone nunca foi tão acionado. A Juliana tem uma capacidade inexplicável de monitorar motoristas e babás nos mais variados programas. Eu não!

Ao cair da noite foi que meu pesadelo começou. Eram tantos livros, *flash cards*, lições para corrigir, além de arrumar as *red bags* dos filhos para o dia seguinte. Eu sempre ia dar uma coladinha no fluxograma pregado na geladeira, e eu sempre me esquecia de verificar as mochilas do futebol.

Os cafés da manhã nunca foram tão agitados, com prazos tão curtos. Todos os dias saíamos atrasados. Com as gravatas na mão e sem os cintos, eles eram barrados na entrada da escola pelo dr. Hallinan.

As rotinas, a partir da quarta-feira, facilitaram a minha vida. Tenho que confessar que o *staff* que ficou dando o suporte foi fundamental para o sucesso da minha empreitada.

Eu não entendia por quê, mas a sexta-feira estava pintada com uma cor chamativa e tinha um aviso grifado com o seguinte recado: "Não atrasar para pegar o Pedro".

A sexta-feira seria uma moleza! Além de não ter nenhuma atividade esportiva, era o dia do amigo, em que o Diego poderia escolher cinco amigos para virem para casa depois da escola e, caso eles quisessem, poderiam dormir aqui.

A partir das catorze horas meu telefone não parou mais. Foi um inferno! Quando não era a Manô pedindo pelo amor de Deus para eu deixá-la dormir na casa da Nina, era o Jampa perguntando quem iria levá-lo ao cinema à noite. O sacana do Diego já tinha estendido a lista dele para oito amigos, e ela não parava de aumentar. O Pedro estava na casa de outro amigo e não me perturbou, pois ficaria lá o dia todo. A única coisa que me preocupava era o aviso da sexta-feira que a Ju fez questão de me lembrar durante todo o dia:

— Não vai atrasar, hein?! Os pais do amigo dele são bastante cerimoniosos. Eu combinei com a mãe às dezoito. Você consegue?

— Lógico que consigo! Está tudo sob controle, fica fria!

Resolvi antecipar-me ao improvável e saí do escritório mais cedo.

Para meu azar, sabe aquele céu negro de fim de dia que paralisa as marginais por muitas horas? Pois é! Veio um dilúvio e o trânsito congestionou antes de eu conseguir chegar à ponte Cidade Jardim. Como eu estava adiantado, tinha uma gordura de uns quarenta minutos para cruzar a ponte. Acredite, não foi o suficiente!

Antes do Pedro, tinha que pegar a Manô na casa da amiga. Quando eu cheguei lá já eram dezoito horas, ou seja, tchau agenda e adeus ao tão planejado cronograma da Ju! O que mais me incomodou foi ela bipando no meu rádio a cada cinco minutos com medo de eu não conseguir manter o combinado. E não consegui mesmo!

A certa altura resolvi desligar o rádio, caso contrário iria arremessá-lo pela janela no meio da chuva.

Enquanto isso, o Diego já tinha formado uma gangue de mais de oito meninos para dormir em casa.

Acabei chegando para buscar o Pedro às 19h30. Resultado: ele já estava de banho tomado e eu acabei tendo que ficar esperando no portão até ele acabar o jantar cheio de pompas, segundo ele, com garçom e tudo mais.

Já em casa com todos e mais a pequena trupe do Diego, pensei: "Ok! Acabou a sexta-feira. Todos em casa, missão cumprida!".

Nada disso! Sexta-feira só fica em casa a folguista que, nesse caso, era uma figura decorativa. Como eu faria para alimentar aquele povo todo? Duas opções: McDonald's ou Almanara. Fiquei com a segunda, assim não teria que sair de casa. Por telefone, tudo resolvido.

O banho antes do jantar quase acabou com a água do bairro inteiro. Todos jantados, prontos para dormir, ufa! Sobrevivi à verdadeira *black friday*!

Quando foi onze e meia da noite, deitei-me extenuado e adormeci de roupa e tudo.

O sábado foi muito tranquilo. Os pais começaram a recolher seus filhos lá pelas dez horas da manhã e ao meio-dia só sobraram os meus cinco.

Conforme combinado, este seria um fim de semana da família e todos ficariam em casa esperando pela mamãe que chegaria domingo. Acabei levando todos ao parque para andarmos de bike, almoçamos juntos e demos boas risadas ao lembrar do dia anterior.

Domingo foi só alegria. A mamãe chegou! Muitos presentes, várias risadas e algumas histórias.

Conclusões:

É impossível para um homem aguentar mais que uma semana sem sua esposa cuidando dos afazeres domésticos, por mais simples que eles possam ser.

Sexta-feira é, de longe, o dia mais cansativo, tudo dá errado na sexta-feira.

Ju, eu te amo e não conseguiria viver sem você.

Eu preciso de férias!

Reflexões da meia-idade

Sempre escutei dos outros o quanto era duro chegar aos quarenta, ter que enfrentar os cabelos brancos e as rugas nos cantos dos olhos. Sinceramente nunca tive problema em envelhecer, ou melhor, amadurecer.

No dia 20 de fevereiro de 2010, estava tendo um dia normal, no qual minhas rotinas de levar as crianças para a escola, chegar ao escritório, ler o jornal, limpar a caixa de entrada dos e-mails eram o suficiente para ocupar o meu dia. Foi só quando começaram os telefonemas, textos no celular e e-mails de parabéns que me dei conta de que finalmente tinha alcançado a tão comentada marca dos quarenta.

Num primeiro momento, engoli em seco e refleti a respeito da real importância daquela data. Afinal, qual a diferença entre fazer 39 ou 41? Nenhuma!

Pois é! Também achei que essa neurose não me pegaria.

Quando foi chegando a hora do almoço, foi me dando um aperto no peito, uma angústia incontrolável que eu não sabia de onde vinha.

Como sempre, resolvi desabafar com lápis e papel, ou melhor, com teclado e tela, no caso.

Pedi para a Silvana, minha incansável secretária, que segurasse todas as ligações, pois precisava fazer uma viagem interior ao meu ego. Precisava fazer uma análise detalhada da minha vida, das experiências e das aventuras nesses quarenta anos.

Comecei colocando no papel (tela) tudo o que eu tinha feito na vida e que valia a pena ser lembrado até então.

Por horas a fio foi passando o filme da minha vida com algumas risadas, poucas lágrimas, mas muita satisfação.

Pronto! Estava feito! Uma coletânea dos bons momentos de uma vida repleta de boas histórias.

Mas espera aí! Essa história não foi feita somente de bons momentos. Com muito medo, resolvi fazer a lista das coisas que eu tinha feito e tinha me arrependido de ter feito, ou melhor, que eu não deveria ter feito.

Confesso a vocês que demorei mais tempo para catalogar essa zona mais sombria da minha vida, mas ao final de algum tempo a lista dos "arrependimentos" estava pronta.

Confrontei uma com a outra e veio uma paz indescritível de que os prós tinham superado os contras em muito. Conclusão: minha vida até aquele ponto tinha valido a pena, com certeza.

Faltava ainda planejar o que fazer com os próximos quarenta anos.

Imaginação aberta e muita criatividade, comecei a listar o que fazer, e por um instante fiquei com medo de que quarenta anos não seriam suficientes, mas e daí? Vamos viver um dia após o outro e tentar encaixar todas as nossas vontades dentro do tempo e do espaço.

Já eram quase cinco horas da tarde quando resolvi colocar as três listas juntas, num roteiro das coisas que uma pessoa tem que tentar fazer antes de morrer.

Esta é a minha lista! É um exercício que todos deveríamos fazer com vinte, refazer com trinta e aperfeiçoar aos quarenta. Não ter medo de alterar com cinquenta, torcer para chegar aos sessenta com muita vontade de aumentar a lista e, com setenta, ainda acreditar que com oitenta vai ter muita água pra rolar. Nunca parar de acrescentar atividades à lista. Ela vai fazer com que seus quarenta anos sejam simplesmente mais uma data, e não um divisor de águas. Vamos a ela!

Minha pequena lista de coisas que você precisa ou deveria fazer antes de morrer:

1. Aprender a andar de bicicleta.
2. Namorar escondido.
3. Roubar um beijo.
4. Subir em um telhado.
5. Roubar uma galinha no vizinho e fazer galinhada sábado à noite.
6. Chupar manga no pé.
7. Apanhar de vara de marmelo da sua avó.
8. Brincar com seus primos e irmãos na poça de lama.
9. Quebrar um dente.
10. Arrumar confusão num baile em uma cidade do interior e ter que fugir com os amigos para não apanhar.
11. Tomar um porre com os amigos e chorar por tudo o que você fez e o que não fez.
12. Parar de beber.
13. Entrar no mar à noite.

14. Correr pelado na praia.
15. Pescar um peixe.
16. Conhecer o Pantanal.
17. Ir à Foz do Iguaçu ver as Cataratas.
18. Ficar trancado em um banheiro.
19. Quebrar um dedo.
20. Ter catapora.
21. Ficar de pijama um domingo inteiro vendo televisão.
22. Comer pipoca na cama.
23. Fazer xixi na tampa, por preguiça de levantá-la.
24. Voar com um avião pequeno sobre a Floresta Amazônica.
25. Entrar na Floresta Amazônica num momento em que estiver chovendo.
26. Atravessar a piscina por baixo d'água.
27. Colocar a mão para fora com o carro em movimento e fingir que ela está voando.
28. Dar um susto em alguém.
29. Estalar os dedos.
30. Contar uma piada.
31. Rir da própria piada.
32. Rir.
33. Rir muito e muitas vezes ao dia; o riso alimenta a alma.
34. Dar flores para alguém.
35. Ler um livro.
36. Ler vários livros.
37. Escrever um livro.
38. Fotografar alguém.
39. Tomar leite tirado na hora do peito da vaca, no curral.
40. Dizer "eu te amo".
41. Contar um segredo para alguém.

42. Não guardar um segredo.
43. Plantar uma árvore.
44. Beijar seu pai (sempre e muito).
45. Beijar sua mãe até ela dizer chega.
46. Falar para seus pais o quanto você os ama; amanhã pode não dar mais tempo.
47. Passar protetor solar.
48. Ter um filho.
49. Ter outro filho.
50. Ter quantos filhos você puder criar.
51. Jantar pizza no domingo com a família inteira.
52. CHORAR.
53. Inventar uma história.
54. Colocar os filhos para dormir.
55. Duvidar de Deus.
56. Ter certeza de que Ele existe e está sempre a seu lado.
57. Escalar uma montanha.
58. Dormir um dia inteiro.
59. Varar a noite sem dormir para ver o sol nascer.
60. Aprender a dirigir.
61. Falar outra língua.
62. Se perder e não admitir para sua mulher que está perdido.
63. Não fechar a pasta de dente.
64. Deixar a toalha molhada sobre a cama.
65. Dormir com os cabelos molhados.
66. Pisar no chão com os pés descalços.
67. Contar uma mentira.
68. Levar café na cama para sua mulher.
69. Entrar correndo em uma reunião formal.
70. Ir a uma festa com o traje errado.

71. Entrar de bico em uma festa de quinze anos.
72. Tomar um fora de uma menina.
73. Se dar bem com a menina dos seus sonhos.
74. Tomar um banho de chuva.
75. Dormir no sol e acordar tostado.
76. Perder a hora e voltar a dormir.
77. Conhecer Paris.
78. Visitar o papa.
79. Arremessar uma pedra num lago para ver ela "*pingar*" diversas vezes.
80. Aprender a andar a cavalo.
81. Assaltar a geladeira de madrugada.
82. Fazer xixi na cama depois de velho.
83. Ir à Disney.
84. Montar um quebra-cabeças de mais de mil peças.
85. Assistir a filmes a noite inteira tomando sorvete na frente da TV.
86. Comprar o carro dos seus sonhos.
87. Ir a Las Vegas.
88. Pilotar um avião.
89. Tocar algum instrumento.
90. Visitar uma ilha deserta.
91. Assistir a um jogo de futebol no estádio.
92. Xingar o juiz e o bandeirinha.
93. Sentar seu filho no colo e contar histórias da sua vida.
94. Nadar em uma piscina gelada num dia de inverno.
95. Tomar um "pé na bunda".
96. Passar no vestibular.
97. Ver seus netos crescerem.
98. Poder usar a expressão "Eu estou muito velho pra essas coisas".
99. Envelhecer.

100. Colar na prova.
101. Jogar bola com os amigos do colégio depois de muito tempo.
102. Abraçar forte alguém.
103. Jogar tudo para o alto e tomar uma atitude.
104. Arrotar depois de tomar refrigerante.
105. Conversar com Deus.
106. Ser menos exigente.
107. Jogar uma partida de pôquer.
108. Matar aula.
109. Ganhar seu próprio dinheiro.
110. Correr uma maratona.
111. Aprender a jogar TRUCO.
112. Empinar pipa.
113. Planejar seu futuro.
114. Refletir sobre o passado.
115. Ter poucos, mas bons amigos.
116. Aprender a assobiar.
117. Navegar na internet.
118. Ter um álbum com fotos e recordações.
119. Trancar o carro com a chave dentro.
120. Viajar o quanto você puder.
121. Voltar à escola onde você estudou quando era pequeno.
122. Casar com a mulher/o homem da sua vida.
123. Ajudar um amigo quando ele realmente precisar.
124. Assistir a *Cinema Paradiso*.
125. Dar a você mesmo o presente que você quiser em seu próprio aniversário.
126. Pedir perdão para aquela pessoa que você magoou há tanto tempo.
127. Saber perdoar.

128. Ligar para seus avós sempre (não se esqueça de que um dia você vai ficar velho também, e vai adorar receber um telefonema de seus netos).
129. Bater o carro.
130. Arrepender-se do que você fez na noite anterior.
131. Ter certeza de que você já viveu aquele exato momento (*déjà-vu*).
132. Emocionar-se com o final do filme.
133. Tirar sarro da derrota do time do seu amigo.
134. Esquecer o celular em algum lugar.
135. Dormir de roupa.
136. Dar um "esporro" em alguém.
137. Não ligar no dia seguinte.
138. Ficar esperando ela ligar no dia seguinte.
139. Assistir ao programa do Silvio Santos.
140. Escrever um e-mail para alguém.
141. Receber um e-mail de alguém.
142. Ir a Nova York.
143. Passear pelo Central Park.
144. Escutar músicas num iPod.
145. Começar o regime na segunda-feira.
146. Terminar o regime na terça-feira.
147. Assistir ao *Fantástico* no domingo e ficar deprê porque a segunda-feira está chegando.
148. Ter um frio na barriga antes da prova de matemática.
149. Andar em uma montanha-russa.
150. Ver seu time ser campeão.
151. Admitir que você estava errado.
152. Ter a certeza de que esta é uma lista interminável e de que vale a pena ficar anotando tantas coisas quantas valerem a pena ser anotadas.

Será que mulher não sabe?

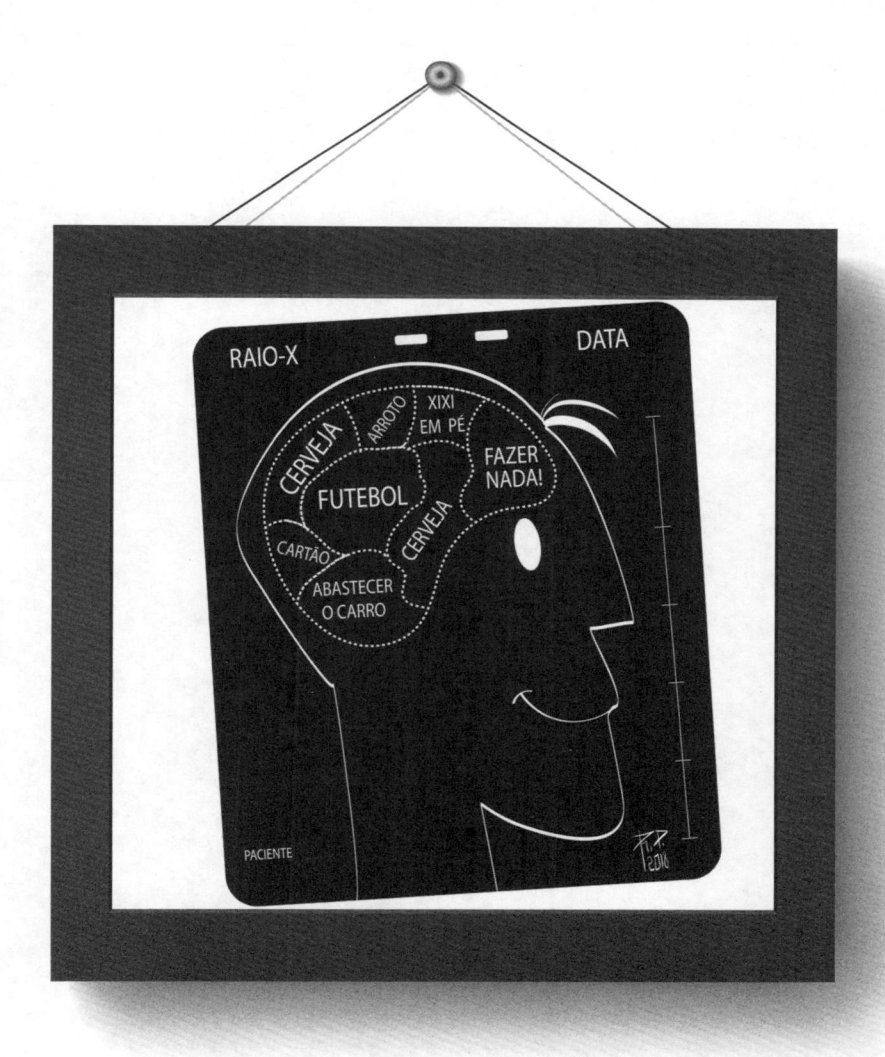

RAIO-X DATA

CERVEJA
ARROTO
XIXI EM PÉ
FUTEBOL
FAZER NADA!
CARTÃO
CERVEJA
ABASTECER O CARRO

PACIENTE

Será que mulher não sabe que domingo é dia de futebol e nós homens adoramos ficar sentados na frente da televisão sem fazer nada?

Será que mulher não sabe que, por mais que elas tentem, nunca vão entender a regra do impedimento no futebol?

Será que mulher não sabe que o lugar da toalha molhada é em cima da cama?

Será que mulher não sabe que nós só usamos cueca para, quando formos tirá-la, deixarmos no chão mesmo e bem à mostra?

Será que mulher não sabe que o legal de ficar com o controle remoto da TV é poder trocar de canal a cada dois minutos e não ficar sintonizado em nenhum canal específico a não ser que esteja passando algum jogo?

Será que mulher não sabe que nós odiamos discutir a relação, principalmente quando estamos meio de fogo?

Será que mulher não sabe que, por mais que ela pergunte se aquela roupa ficou boa nela, nós sempre vamos dizer que sim pelo simples fato de ela não ter que mudar tudo mais uma vez?

Será que mulher não sabe que nós temos certeza de que todos os afazeres de uma mãe durante um dia da semana são muito mais complicados e estafantes que um dia de trabalho nosso?

Será que mulher não sabe que para o carro não parar no meio da rua ele tem que ser abastecido em um posto de gasolina e que ele não faz isso sozinho?

Será que mulher não sabe que o legal de fazer xixi de pé é poder ficar mirando na água e se algumas gotinhas caírem na tampa, nós não vamos nos importar tanto assim?

Será que mulher não sabe que a pasta de dente sempre vai permanecer destampada só para escutarmos ela reclamando?

Será que mulher não sabe que, quando confrontados entre a beleza dela ou daquela amiga que não víamos há anos nós vamos escolher sempre a dela por motivos óbvios?

Será que mulher não sabe que o legal de poder beber cerveja na garrafa é logo depois poder soltar um sonoro arroto?

Será que mulher não sabe que o jornal da manhã não deve ser tocado e embaralhado com os cadernos todos fora de ordem até que você desça para o café da manhã?

Será que mulher não sabe que nós entendemos que existe uma coisa chamada TPM, mas que nós não somos culpados pela fome no mundo durante esse período?

Será que mulher não sabe que nós preferimos muito mais um filme de ação com tiros e perseguições de carros do que aquele em que temos que nos emocionar e correr o risco de derramar algumas lágrimas?

Será que mulher não sabe que compras com o cartão de crédito serão pagas com dinheiro em algum momento do mês?

Será que mulher não sabe que nunca iremos admitir que estamos perdidos e que o nosso caminho é sempre melhor do que o dela?

Será que mulher não sabe de todas essas coisas ou será que é só a minha mulher que não sabe que ela é a melhor mulher de todas?

São Paulo x São Pedro

Tinha tudo para ser o domingo perfeito: manhã ensolarada, cidade vazia em razão do feriado prolongado, o jogo era uma barbada!

Comprei os ingressos antecipados. Arquibancada como o Pedro queria. Seria o primeiro jogo dele na arquibancada.

Convidamos alguns amigos dele que moram no bairro. Ia ser o programa ideal.

Para ajudar, o adversário era o todo-poderoso Araçatuba Futebol Clube, recém-subido da segundona. Chocolate à vista!

Resolvi sair cedo, pois nossa condução era a minha "nada confiável" Kombi 1975 — comprada e restaurada especialmente para dias de jogos. Exterior vermelho e branco com os pneus pretos. Era tricolor de motor, porém um motor muito, mas muito velho!

Assim como a lotação Penha-Lapa, fui recolhendo os amigos do meu filho ao longo do bairro. Um total de cinco, mais o Pedro.

As nuvens começaram a chegar, mas eu estava tranquilo, tinha visto a previsão do tempo: céu claro com nebulosidades e pancadas de chuva à noite. O jogo era às quatro da tarde. Sete horas estaríamos em casa comendo pizza para fechar o dia com chave de ouro, e o Sampa líder do campeonato.

Quando peguei o último amigo, os primeiros pingos de chuva. Pensei: "Fica frio! É só uma nuvem sobre nós".

Antes de chegarmos à Faria Lima, o céu literalmente caiu sobre nossas cabeças.

A impressão era que estávamos na virada do rio Iguaçu e romperam todas as comportas da barragem de Itaipu. Os limpadores de para-brisas que não funcionavam desde 1980, lógico, não deram conta do recado.

Quando entrei na Giovanni Gronchi, já no bairro do Morumbi, chovia mais dentro da Kombi do que fora. Os torcedores mirins encolhidos dentro do carro com medo do que viam lá fora.

Devem ter caído uns cem milímetros de chuva em apenas meia hora, e o pior: não parecia parar tão cedo!

Chegando ao estádio, minha única previsão que se confirmou naquele dia foi a de que pouca gente veria aquele espetáculo, ou de que pouca gente conseguiria chegar.

Impressionante como uma Kombi 1975 vermelha e branca abre portas! Pelo menos no Estádio do Morumbi.

A chuva ainda era torrencial, mas conseguimos um lugar que nem o Raí conseguiria para estacionar. Será que a chuva tinha alguma coisa a ver com essa minha sorte?

Encapotei todos, descemos do carro e tentamos atravessar a avenida para chegar ao estádio. Quase chamamos o resgate com seus barcos infláveis, pois mais parecia um oceano a ser transposto.

Começaram minhas primeiras dúvidas: "Será que vai ter jogo? Será que o time vai chegar ao estádio? E os juízes? Bem, estes devem ter substitutos. Mas e as equipes de televisão? Será que chegaram antes da chuva? E o Galvão?".

Como os meninos estavam animados e cantando os gritos da torcida e o hino, resolvi não melar o entusiasmo.

Já nas arquibancadas, com meu radinho praticamente ensopado a essa altura, torcia para que a peleja fosse cancelada.

Os juízes vieram e, como pintos molhados, entraram em campo para avaliar o estado do gramado. Para minha infelicidade, o Cícero Pompeu de Toledo, também conhecido como Morumbi, possui o melhor sistema de drenagem do país e, com meia hora sem chuvas, o jogo teria início.

Choveu por mais 45 minutos e depois, como no episódio de Noé, as nuvens foram embora. Só não veio sol, pois já era noite. A partida seria jogada. Com uma hora de atraso e com todos nós molhados, mas o jogo ia começar.

De repente, adentra o campo a esquadra caipira. Diretamente do noroeste paulista, entre tantos desconhecidos, um veterano que, se me lembro bem, já tinha atuado na Portuguesa de Desportos em meados dos anos 1990 e talvez no Moleque Travesso, Juventus. Tudo bem. Eu tinha ido lá pra ver o tricolor mesmo.

Quando subiram os degraus do túnel do vestiário, meus olhos custaram a acreditar. Com exceção do lateral-direito, que nos últimos quinze jogos nem no banco de reservas estava, os demais eram meninos vindos da base ou de compras recentes que estavam sendo reintegrados ao elenco depois de semanas no REFFIS. Nem o fominha do Rogério Ceni resolveu aparecer. O cara tinha jogado as últimas 182 partidas pelo São Paulo e, justamente no jogo em que eu levei toda aquela turma, ele resolveu tirar *day off*.

Eu vi brotar do rosto já molhado do meu Pedro uma lágrima quando ele me perguntou:

— Quem são esses aí com o uniforme do tricolor, pai?

Num misto de ignorância e ira, respondi:

— Presta atenção no jogo, meu filho!

A chuva voltou, o Ceni não entrou e o São Paulo perdeu!

Resolvi ir embora antes do fim do jogo. Com mais chuva no lombo, nada poderia piorar o final do meu domingo. Ledo engano... O pneu da Kombi estava no chão. Um, não! Dois.

Ou seja, quando São Pedro quer jogar, nem São Paulo pode atrapalhar!

Psiu!

Dizem que os italianos falam alto e gesticulam muito quando querem se expressar.

Não tenho nenhuma ascendência italiana, mas me considero um autêntico carcamano. Nem tanto pelas mãos efusivas quando quero impor meu raciocínio, mas principalmente pelo timbre e pela altura da voz que têm trazido alguns incômodos.

Todos sabem que um consultório médico é um lugar em que o silêncio deveria imperar. Pois é! Todos, menos o belezura aqui que vos escreve.

Costumo marcar minhas consultas para logo depois do almoço. Pela comodidade e pela tranquilidade.

Meu clínico geral é um anjo que veio à Terra para fazer e semear o bem. Além de amigo de longa data, o melhor profissional que conheço.

Para minha infelicidade, ele divide o consultório com seu irmão. Psiquiatra renomado e também um grande amigo. Meu pai foi paciente dele nos momentos mais difíceis em que estava lutando contra a doença maldita.

Além dos irmãos ph.D., tenho uma forte ligação — um carinho quase fraternal — com a Isabel, fiel escudeira de ambos e uma parceira e aliada nos impossíveis encaixes de horários nas agendas concorridíssimas dos dois.

Um consultório convencional como tantos outros. Claro, amplo, com fotos do Sebastião Salgado espalhadas na parede, livros de poesia e de hotéis paradisíacos onde passar a lua de mel, mas o mais impressionante mesmo é a quietude da sala de espera, muitas vezes quebrada pelo telefone, que é prontamente atendido ao primeiro toque pela eficiente Isabel. Ela consegue a façanha de conversar com os pacientes e agendar suas consultas sem que eu — que estou a poucos metros — tenha a noção do que está acontecendo. Tento ler seus lábios algumas vezes, e tenho a impressão de que não tem ninguém do outro lado do aparelho, e que ela está fazendo mímica com a boca e treinando seu atendimento, tamanha sua discrição junto ao telefone.

Você já sonhou que entrou no céu? Sabe aquela sala toda branca com as bordas e cantos desfocados naquele silêncio impressionante? Pois é! É assim que me sinto quando estou sentado esperando minha vez.

Para piorar, sobre a mesa tem um aviso, impresso e plastificado, solicitando que todos mantenham os celulares desligados e não falem alto. Às vezes tenho a impressão de que a Isabel só coloca esse aviso quando eu venho. Quem mandou fazer a fama?

Como eu me conheço, sei da minha incompetência auditiva, já desligo o telefone na portaria para não correr o risco da tentação de atender alguma chamada durante a espera.

Dr. Maurício sai do elevador ventando e correndo como sempre.

— Oi, Rick, boa tarde. Vamos entrar?

Minha ficha já está sobre a mesa de uma organização suíça que realmente impressiona.

Ele caiu na besteira de perguntar como iam a Ju e os meninos. Eu, como tenho um carinho muito grande por ele, me senti na obrigação de contar sobre cada filho, desde a última competição de futebol até as notas da escola:

— O senhor conhece o Adriano, meu caçula, não é? Não? Nossa! O senhor nem imagina...

E por aí vai... Depois de 35 minutos de bate-papo — a conversa já tinha ido desde as férias de fim de ano até as tias-avós da minha sogra. Para ser sincero, nessas alturas já tinha até me esquecido de qual era mesmo o meu problema. O pior de tudo: os decibéis já estavam descontrolados.

No final da consulta já estava me sentindo bem melhor. Os exames pedidos, abraços e a sensação de que a cabeça pode influenciar muito no meu estado de espírito e de que aquela consulta com meu anjo já havia arrumado uns setenta por cento dos meus males.

Despedi-me da fiel escudeira já marcando o retorno para a semana seguinte, com os exames feitos, e percebi o seu sorriso amarelo e o rosto ruborizado, mas não dei muita atenção.

Uma semana mais tarde, no horário de sempre, telefone desligado, adentro a sala branca com os mesmos personagens no recinto: Isabel e eu!

Cumprimentamo-nos, sentei-me e comecei a folhear o livro com fotos do Sebastião. Concentrado nas paisagens surreais, nem percebi a vinda sorrateira da Isabel que se sentou a meu lado e quase que ao pé do ouvido sussurrou:

— Rick, nós já somos amigos há muito tempo, certo?

Assustado com aquela pergunta e mais assustado ainda com o que poderia vir a seguir, respondi:
— Claro que somos, Isabel!
— Então, queria te pedir um favor!
Xiiiii... Tá vendo? Poderia piorar ainda mais!
— Lógico, Isabel! Se estiver a meu alcance, com o maior prazer.
— Pois então, você sabe que o dr. Wagner, irmão do dr. Maurício, também é médico, certo?
— Certo!
— Você sabe que o consultório dele é aquele ali, vizinho do dr. Maurício, certo?
— Certo!
— Você sabe que a especialidade dele é a psiquiatria, certo?
— Certo!
"Aonde será que ela quer chegar?", pensei eu.
— Você sabe que o psiquiatra precisa manter um diálogo com seu paciente, e que precisa entender e escutar suas respostas durante a conversa, certo?
Nessa altura da conversa, fiquei com medo das próximas perguntas com ar de afirmação e onde eu me encaixaria nelas.
— Entendi, Isabel. Mas por que você está me explicando como as coisas funcionam aqui?
— Pois é, Ricardo, na semana passada, quando você esteve em consulta com o dr. Maurício, logo em seguida que você entrou, o dr. Wagner chegou com o paciente dele e começaram a sessão. Durante alguns minutos eles tentaram manter o foco e ignorar a bravata que vinha da sala ao lado.
Meu semblante foi murchando e fui estampando em minha cara a expressão de um culpado prestes a ser condenado.
— Sei, sei. O que mais, Isabel?

— A certa altura, ele chegou a me interfonar e perguntar se o paciente estava discutindo com o irmão! Quando a situação ficou insustentável, ele decidiu interromper a consulta e remarcar o paciente para uma próxima data.

Nessa hora, eu gelei tentando imaginar a situação e o desespero de ambos.

A Isabel, pacientemente e com muita educação, solicitou então que numa próxima vez, ou seja, nesta, eu tentasse me comunicar com menos ênfase ou que a comunicação se restringisse às questões levantadas pelo dr. Maurício.

Sem saber se chorava ou se sorria com toda aquela confusão, tentei concentrar-me e manter a calma, porém até que eu fosse chamado para entrar no consultório, não conseguia tirar a imagem do paciente indo embora sem ter resolvido seus anseios e medos por conta de um lunático que insistia em brigar e gritar na sala ao lado.

Minha consulta acabou sendo rápida e em silêncio, mesmo porque se tratava de um retorno, mas gerou várias risadas e muitas outras histórias.

Sítio Beira Rio

Nós nunca fomos muito festeiros. Para falar a verdade, nós gostávamos mesmo é de estarmos juntos. Uma vez juntos, não precisávamos de mais ninguém para fazer festa, pois o circo já estava armado. Talvez pelo simples fato de sermos quatro cunhados, as três irmãs da Ju — cada uma com três filhos — e a Ju que, com minha ajuda, fugiu da média com nossas cinco crias.

Vai contando... Até aí são catorze crianças (sete meninos e sete meninas), quatro casais (oito adultos) mais o sogro e a sogra. Convenhamos! É gente demais!

Não sei bem ao certo se somos nós que não gostamos de estar com os outros ou se são os outros que não gostam de estar conosco, porque imagine só ter que convidar um e o resto ficar de fora? Com isso, a maioria dos nossos réveillons, carnavais, páscoas e finados era no Sítio Beira Rio, em Itu.

Tudo naquela casa era uma operação de guerra. Tente imaginar a cena da hora do banho. Só de meninos eram sete, sem contar os habituais convidados. Cada mãe tentando organizar o banho em seu chalé. Ah! Esqueci de mencionar: cada família tinha seu chalé. Como bom engenheiro, o sogro decidiu manter uma distância física entre as quatro famílias, talvez para minimizar a zona. Mesmo assim era um tal de "Já pro banho, moleque! Vai servir o jantar!".

Loucura mesmo era a hora do jantar. Aquela sala enorme integrada ao living era uma obra de arte na sua concepção arquitetônica. Uma mesa com catorze cadeiras, seis de cada lado e mais duas nas cabeceiras.

Eu gostaria de conhecer o cara que desenhou a acústica daquela sala. O som reverberando ao longo das paredes e indo direto para a sala de televisão era para deixar qualquer um maluco. Um misto de choro de criança, com gritos, portas batendo, gente pedindo mais suco...

— Acabou o hambúrguer! Dá pra fritar mais uns seis ovos? Vamos fazer mais um pacote de macarrão. Será que um só vai dar?

Quantas não foram as vezes que em a salada não chegou nem para os últimos que desciam de banho tomado. Como dizia a minha avó: "A ovelha que chega por último bebe água suja". No nosso caso, as últimas ovelhas nem bebiam a porcaria da água.

Pense bem! É humanamente impossível a pessoa conseguir calcular a quantidade certa de comida para aquele batalhão de gente. A não ser que já tivesse servido no exército ou que tivesse trabalhado em uma colônia de férias. Depois disso tudo ainda tinha o jantar dos adultos.

Quantas não foram as Antônias, Marias, Saletes, Ivones e outras tantas mais que passaram por lá e não conseguiram jamais acertar na pinta a dose exata a ser servida para aqueles vikings esfomeados em sua famosa fase de crescimento.

Aliás eram todos para ter hoje uns dois metros e dez de altura pelo menos, ou pesarem uns cento e 170 quilos, pois pelo tanto que comiam e pelo tanto de tempo que passaram por essa fase, Jesus amado!

A hora que antecedia o jantar dos adultos era cômica. Imagine a cena: o mesmo mestre da arquitetura que desenhou a concha acústica da sala de jantar resolveu fazer da sala de TV sua obra-prima: uma sala de cinco metros de largura por seis de comprimento, dois sofás grandes em uma das quinas da sala e, na quina oposta, uma estante em alvenaria com um nicho onde se instalava uma enorme televisão de 42 polegadas. Pena que, ao embutir a TV dentro do nicho, de toda a potência do som, oitenta por cento ficava dentro da construção, sobrando singelos vinte por cento para serem disputados a tapa com todos os espectadores que se acotovelavam nos sofás.

O coitado do sogro, que a essa altura já não tinha lá suas perfeitas capacidades auditivas, sofria ao tentar fazer leitura labial do casal Bonner no *Jornal Nacional*. Isso quando não estava rolando uma partida básica de carteado dentro do mesmo recinto. Para qualquer ser humano seria um martírio, para nós, não! Aquilo já fazia parte do nosso cotidiano.

A hora de dormir era uma batalha, começava sempre na mesma hora em que ouvíamos:

— O jantar dos adultos está servido!

A geração mais nova deveria dormir naquele momento, os intermediários teriam uma hora a mais de prazo, agora os demais sempre acabavam indo dormir com os adultos depois de exaustivas tentativas de tocá-los para os seus quartos. Cansados, acabávamos nos rendendo e indo todos juntos, nos preparando para a maratona do dia seguinte.

Logo cedo, o café da manhã era regado de alguns litros de leite, dúzias de laranjas espremidas em jarras e mais jarras de suco, além dos frios enrolados cuidadosamente em bandejas. Os potes de requeijão nunca chegavam ao fim da manhã e, mais uma vez, as ovelhas que acordavam tarde fatalmente ficariam sem o café completo!

Os churrascos eram hilários, muitas arrobas de carne. A churrasqueira era praticamente industrial e mais uma vez o coitado do churrasqueiro nunca acertava a quantidade e, muitas vezes, também a qualidade. Também pudera! Imagine a quantidade de bifes de picanha que ele tinha que monitorar ao mesmo tempo. Muitos acabavam comendo sola de sapato, pois era impossível servir às três mesas e ainda ter que virar os bifes naquela grelha de quase dois metros quadrados. Para piorar, nessa refeição, adultos e crianças se reuniam em um convescote digno das orgias gastronômicas romanas.

Muitos feriados e incontáveis fins de semana passamos juntos e reclusos. Várias vezes nos esforçávamos para não sermos convidados para nenhum lugar, pois o que queríamos mesmo era ficar juntos na nossa muvuca.

O Ministério da Saúde adverte:
Se beber, não jogue a sogra dentro d'água!

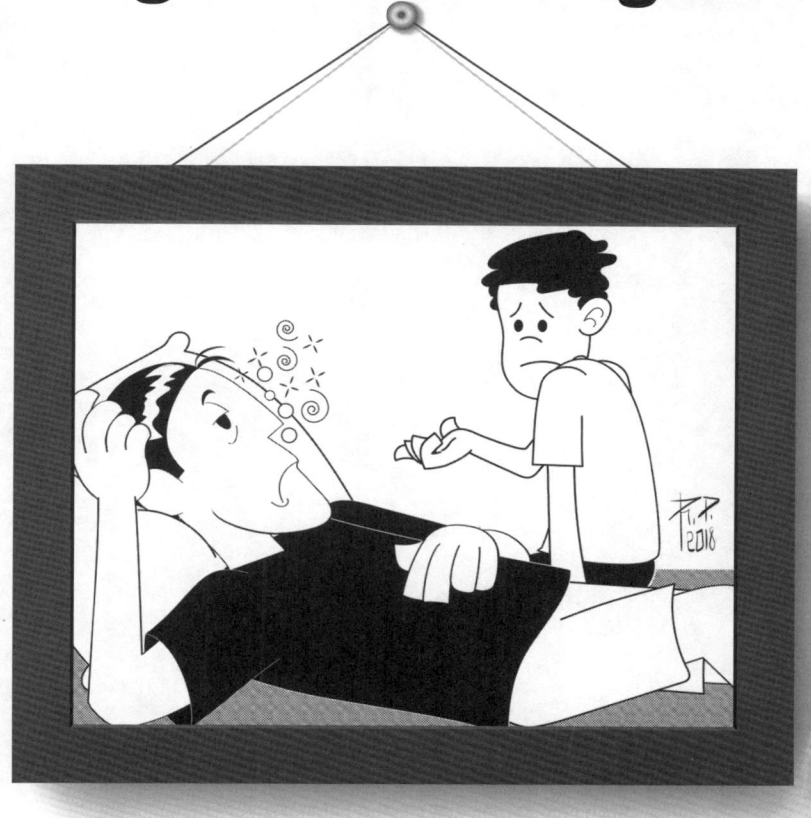

Era para ser um fim de semana como outro qualquer junto da família. Dias ensolarados, a piscina bombando e o churrasco cheirando, foi um marco tipo a.C./d.C. para mim — antes de Cristo e depois de Cristo.

Nós, homens, estávamos todos dentro d'água desde às dez horas. Dedos enrugados. A família, como sempre, grande e reunida. As cunhadas e a Ju, todas, debaixo do guarda-sol tomando água sem gás e Diet Coke, que tédio! Os catorze netos num frenesi maluco esperando pela próxima brincadeira e numa gritaria que fazia com que aqueles que já tinham um teor alcoólico mais elevado ficassem atordoados e com vontade de mergulhar e sumir do mundo. A sogra lia, pacientemente, o jornal que era do dia anterior.

Foi quando algum espírito de porco dos cunhados teve a feliz ideia:

— Vamos jogar a sogra dentro d'água?

Eu e minha boca grande:

— Se rolar uma graninha, eu jogo! — Esta foi minha sentença de morte para os destilados e fermentados. Mal sabia eu.

Mais algumas cervejinhas e, as apostas pra lá de mil e quinhentos reais, resolvi tentar ensinar a sogra a nadar.

É lógico que no exato momento em que a segurei pelo braço, um flash de sobriedade veio em minha conturbada mente e me impediu de fazer tamanha loucura.

A partir daí acontece uma sucessão de fatos que fazem parte de um compartimento obscuro do meu subconsciente que chamo de HD (*hard drive*) e, vez ou outra, surgem na minha mente como trailers de um filme antigo quase que em preto e branco e arrancam autorrisadas em momentos esporádicos.

Quando chegamos às seis da tarde, o almoço já tinha sido servido e eu insistia em não sair da água. Nesse exato momento percebi que estava prestes a vomitar dentro da piscina. "Ai, não!", pensei eu.

Mais do que depressa passei ventando em frente à churrasqueira onde toda a família almoçava horrorizada com as atrocidades feitas por mim. Quais seriam? Melhor não perguntar. Melhor nem saber.

Cheguei ao banheiro, despi-me, entrei num banho gelado, mas o vômito foi inevitável. Quem chegasse naquele momento e me visse nu debaixo da água gelada naquele estado teria certeza de que eu estava sendo exorcizado e que o demônio estava saindo de dentro de mim.

Mas ruim mesmo foi a manhã seguinte. Manja aquela amnésia alcoólica? A cama a meu lado lisinha — sinal de que a esposa não tinha dado o ar da graça naquela noite. Um murmurinho vindo de dentro do banheiro era sinal de vida. Pelo menos não morri, ou morri e tem alguém comigo aqui no céu. Ou será no inferno? Será que matei a sogra?

O João Paulo, o mais velho dos três naquela época. Sentou-se a meu lado com uma cara de espanto e perguntou:

— Pai, por que você fez aquilo ontem?

"Pensa rápido, pensa rápido... Esse maldito HD com processadores lentos." A sirene que atormentou a noite inteira, voltava a ficar mais alta na minha cabeça.

— "Aquilo" o quê, meu filho?

— Ah, tudo né, pai! Você ameaçou jogar a vovó na água e ela nem sabe nadar. Você tirou as empregadas para dançar lambada na frente de todos, inclusive do vovô. A mamãe gritava enfurecida com você, e você dava de ombros como se ela nem existisse.

A imagem da Ju escovando os dentes do Diego com as sobrancelhas cerradas, bico na boca e gesticulando com o indicador em riste, não sai da minha cabeça até hoje. Para piorar, veio a lição de moral:

— Que beleza, não? Pai de família, um baita homão desses e dando um belo exemplo para os filhos. Se eu fosse você, desceria, pediria desculpas para todos e depois não apareceria lá por um bom tempo!

Pedir desculpas para quem? Pedir desculpas do quê? Naquele momento, não me lembrava de quase nada! Talvez daquele negócio da sogra. Será que eu joguei e eles estão com medo de me falar?

A pá de cal viria a seguir. O Diego sentou-se ao lado do Jampa na cama e os dois, tentando me consolar, perguntaram mais uma vez:

— Pai? Você estava bêbado ontem?

Engoli em seco e fui honesto e direto:

— Sim, o papai estava "alto" ontem. — Como se isso fosse amenizar meu fogo.

— Sei, sei. Então você é um bêbado, né, pai?

Se abrisse um buraco na minha frente, eu me enfiaria nele e desapareceria para sempre.

— Para, para, para! Não é nada disso! Vocês entenderam tudo errado. Ser é muito diferente de estar ou ficar, mas não tem problema algum. Chame o Pedro! A partir de hoje o papai promete que nunca mais vai colocar nenhum tipo de bebida alcoólica na boca. Só para provar para vocês que o álcool não traz nenhum tipo de benefício e pode muito bem ficar fora de nossas vidas. Além do exemplo, serei muito mais parceiro de vocês, combinado?

Todos assentiram com a cabeça, mesmo sem saber que tipo de promessa era aquela que eu acabara de fazer.

Era final de ano — 27 de dezembro de 2002. Falando assim pareço até aqueles viciados em drogas que se lembram do exato momento que largaram o vício. Eu nem era muito de bebida. Tomava umazinha — socialmente falando. O final da história é que realmente não me fez falta nenhuma — a não ser antes dos jogos do tricolor — e servi de exemplo para todos lá em casa.

Será que a sogra em algum momento achou que iria ter que aprender a nadar? Será que eu a joguei? Não importa mesmo.

Agora... Nunca mais?! Acho que é muito tempo. Mas promessa é promessa!

Quem tem nove, para que precisa de dez?

Existem alguns lugares que são um capricho de Deus. Ilha das Flores é um desses lugares em que Ele realmente caprichou.

Incrustada na região amazônica, às margens do rio Guaporé, na divisa entre o Brasil e a Bolívia. Não é uma ilha qualquer, muito menos tem flores que façam jus a seu nome. É simplesmente a Ilha, para nós.

Mais do que uma tradição de família, uma oportunidade única de relaxar, curtir a natureza e estar próximo daqueles que você ama e quer bem. Além de desligar do mundo exterior, a pescaria na Ilha das Flores é uma terapia que já está na nossa família há mais de quarenta anos.

Todo setembro, organizamos uma turma de amigos e aventureiros disposta a passar cinco dias longe de celulares, internet, televisão e até mesmo da luz elétrica em algumas oportunidades e a encarar uma enxurrada de tucunarés, surubins, piranhas e pirararas.

Eu, meus três filhos mais velhos, meu irmão, um amigo dele, o piloto e o tio. Isso mesmo, o Tio! Nesse caso, o Tio é meu tio mesmo. Irmão do meu pai. Mas para todos ele é uma lenda! Pescador inveterado que nem gosta muito de pesca, gosta mesmo é do programa.

Há algum tempo perguntei por que todos o chamavam de Tio, ele me deu uma explicação no mínimo convincente: com o passar dos anos a memória foi ficando mais curta e ele foi esquecendo o nome das pessoas, e para não deixar ninguém magoado, resolveu adotar um nome único para todo mundo. Ele chama todo mundo de Tio, inclusive eu, que não sou tio, e sim sobrinho.

Esta já era a segunda pescaria dos meus filhos, e a expectativa deles nem era se iriam pegar muito peixe, mas sim se o Tio estaria na farra.

Embarcamos em Congonhas com destino a Cuiabá, onde pegaríamos um aviãozinho menor direto para a Ilha das Flores. Fizemos escala em Rio Preto, onde mora o Tio. Quando ele subiu as escadas e entrou no avião foi uma festa: assovios e palmas entre os pescadores. O resto não entendeu nada. Agora a turma estava completa.

Na manhã seguinte rumamos para Rondônia, onde é o nosso paraíso. Todos alojados e equipados, dividimos os barcos em duplas e deslizamos as voadeiras para a baía da Fazenda, onde ficam os tucunarés — peixes típicos da Amazônia.

É uma pescaria muito mais de jeito do que de força. Você arremessa e recolhe uma isca artificial que simula um peixinho em fuga, o que atrai o tucunaré e outros predadores do mesmo tipo.

O almoço é um capítulo à parte. Para facilitar a logística, armamos um "restaurante" dentro da mata perto do pesqueiro. A cozinheira e o piloto já ficavam por conta a partir das onze da manhã. Carvão no chão, fogo alto e peixe na brasa. Sashimi de tucunaré e doce de ovo de tracajá.

O Tio já tinha pescado por três longas horas e, segundo ele, era o suficiente naquela temporada. A partir daí ele só iria beber cerveja e observar o rio correr. Foi o que ele fez!

Piadas, mentiras e tiração de sarro fazem valer a pena todas as picadas de pernilongos no clima da pescaria.

Num almoço à beira do rio, o Tio, já com a língua grossa — efeito de muitas cervejas e algumas caipirinhas — resolve se refrescar no Guaporé.

— Não, Tio! É melhor não! Aqui é fundo e tem muita piranha!

— Eu quero! Tô morrendo de calor.

— Espera aí, Tio, vou buscar um balde e encher d'água, aí você se refresca.

— Tá bom, tio! Eu espero. Traz o balde.

Passados mais trinta minutos:

— Tô com calor ainda, tio! Eu vou pular.

— Não, Tio! Não faça isso! Pegar o senhor no meio do rio vai ser difícil. — O piloto tentava mais uma vez convencê-lo.

Ele descuidou.

"TCHIBUMMMMM!"

Só ouvimos o barulho e vimos as marolas na beira d'água. Alguns segundos depois, o Tio boia já quase no meio do rio.

— Ô, tio! Isso aqui tá bão demais! — Ele veio nadando de cachorrinho para a margem. Aquela altura, esse era o único estilo que o teor alcoólico lhe permitia.

A poucos metros da margem:

— Ai! Ai, tio! Alguma coisa mordeu eu aqui.

— Não brinca, Tio! Tá tudo bem?

— Tá! Mas alguma coisa pegou eu aqui no pé.

Quando ele já estava quase fora d'água, um rastro de sangue. Tira o Tio do rio, coloca sentado. Ele ainda meio adormecido pelo álcool. Um, dois, três... Nove! Ué? Estava faltando um dedo ali!

— Tio, temos uma boa e uma má notícia!

— A má primeiro, sempre!

— Então, Tio! A piranha comeu um dedo seu. A boa notícia é que sobraram os outros nove!

Como se nada tivesse acontecido, o Tio pediu mais uma cerveja para comemorar os nove sobreviventes. Com um olhar fixo no horizonte, ele ainda filosofou depois de um longo gole na latinha:

— Podia ter sido muito pior! Eu poderia estar pelado. Aí, já viu, né?!

Anoiteceu e, ao nos recolhermos, precisávamos fazer algum tipo de curativo para estancar aquele chafariz de sangue no que seria o indicador do pé direito. "Ainda bem que ele não escreve com os pés", pensei eu.

Sem nenhum tipo de bandagem e artefatos farmacêuticos, seria eu o único a se aventurar para tal tipo de cirurgia.

O desinfetante era uma garrafa de vodca e os lenços umedecidos para assaduras serviriam como bandagem.

— Tio! Eu gostaria de mentir e dizer que o senhor não irá sentir nada, mas vai doer pra c...!

Ele, deitado na cama e ainda sob os efeitos anestésicos do álcool — aquele que ele tinha ingerido, não o que foi utilizado para a sepsia —, disse:

— Olha, tio, pode fazer agora que eu não estou sentindo quase nada! Amanhã é que não vai dar, ok?

Mais que depressa encharquei uma camiseta velha, que iria ser a gaze, com a melhor vodca que tínhamos e tasquei no toquinho do dedo que restou.

— Aaaaai! Cuidado, tio! Sai daí que eu vou cagar em você! Aaaaai! Essa ardeu demais!

Mais do que depressa meus filhos, que observavam tudo pela fresta na porta de entrada do quarto, após o grito de dor do Tio, saíram ventando pela varanda até atingirem o refúgio dos seus quartos. Só o mais novo ficou e questionou preocupado:

— Pai, é melhor você sair daí, senão o Tio vai cagar em você mesmo! Eu ouvi! Sai daí, pai!

Nessa hora, todos nós rimos, inclusive o Tio. Ainda meio zonzo com o ardume no pitoco do dedo, sobrou tempo para a última dose de humor dessa figura:

— Pedrão, é isso aí! Pra quem já tem nove dedos, o que eu vou fazer com dez?

Ele virou para o lado e adormeceu até a manhã seguinte, pois iria acordar com as duas cabeças inchadas. A do dedo ele já até tinha esquecido, estava preocupado mesmo é com a de cima.

Sopapo Futebol Clube

Essa paixão pelo futebol é uma coisa inexplicável que transcende bairros, clubes, cidades, pessoas, sexo, idade e credos. Está incutido no DNA do brasileiro. Desde o Fla x Flu, o Majestoso São Paulo x Corinthians, Inter x Milan, Brasil x Argentina. Entrou e já havia rixa, 22 jogadores e uma bola correndo num gramado ou num campo de terra batida, os batimentos por minuto do coração vão lá em cima.

Não foi diferente com o jogo que antecedeu o fato que eu vou relatar ao amigo leitor.

Copa ACESC entre clubes. Semifinal. De um lado, o Esporte Club Oriente Médio, do outro, o nosso glorioso Jockey Clube de São Paulo. Muitos dos craques lá de casa foram moldados na forja do nosso técnico e amigo Marcos, que sempre soube levar e educar os nossos meninos.

Categoria sub-12. O Jockey tinha um timaço: Paulo e Enzo no ataque, os ágeis gêmeos Rafa e Rô nas laterais, um meio de campo bem postado com Gui, Antônio e Guti. Na zaga, meu camisa 3 favorito, Pedro — sempre firme na bola aérea, leal nas divididas e com um tempo de bola invejável —, e o fiel escudeiro e melhor amigo Fre — preciso nos desarmes. A segurança lá atrás, nosso goleiro, estava improvisado, pois o titular, Rô, tinha acabado de descer uma categoria. Era o caçula do time. Mas com um time daqueles, quem se preocuparia com o goleiro?

Ledo engano, as máximas do futebol valem para qualquer time, categoria e idade, "o jogo é ganho no campo e não no papel", pois no papel a vaga na final era nossa, o pessoal do Oriente Médio sempre foi freguês e não oferecia qualquer perigo.

Quando os meninos entraram em campo, a primeira impressão é que tínhamos errado nossa categoria. Não, não, vai ver é que eles estão numa dieta de quibe e esfiha e o pessoal carrega no fermento aqui no clube. Nada disso! Tudo certo e a regra é clara: podem disputar nessa categoria garotos que ainda não tenham completado treze anos até essa data. Para nossa infelicidade, a grande maioria dos adversários tinha doze anos e alguns meses e, dos nossos atletas, apenas o Paulo já tinha completado doze naqueles dias. Os demais estavam na casa dos dez e onze e, nessa idade, meu amigo, isso faz uma baita diferença.

Começamos bem. Um pouco assustados com o tamanho dos oponentes, mas o nosso toque de bola era o diferencial. O problema era a massa muscular e a arrancada dos meninos, além do tamanho do campo. Qualquer bola na corrida era dos caras. Impossível acompanhar os "*Ben Johnsons* da Faixa de Gaza".

Infelizmente, nem com muito grito nas arquibancadas e com o incentivo dos amigos e pais presentes pudemos evitar a sonora goleada que tomamos. Final da peleja: 7 x 1.

Todos cabisbaixos, suados e ofegantes, se cumprimentaram no centro do campo num gesto típico de *fair play* e voltaram para o conforto e a segurança do colo dos pais.

O *grand finale* estava por vir. A categoria seguinte seria a sub-10. Nós também tínhamos um belo time ainda em formação, mas com meninos de futuro. O problema do nosso Marcos era trabalhar o emocional dos meninos, pois após aquela lavada e os hinos da torcida adversária, nosso time estava encolhido no cantinho do vestiário. Como "o futebol tem que ser jogado e não falado", entramos em campo com a difícil missão de esquecer o jogo anterior e nos classificarmos para a final nessa categoria.

Jogo pegado e muito disputado e, numa bola estourada pelo nosso beque central — o gigante Felipe —, sobrou para o João Henrique tocar no cantinho do goleiro. Eu, mero espectador, pulava de alegria com a torcida visitante.

Foi quando começaram as intimidações e as pressões para ganhar mais um minuto de partida. Uma falta a mais para o time da casa, uma expulsão mesmo que injusta. A euforia extravasou as quatro linhas do campo e subiu para as arquibancadas. Quando menos esperava, já pude ver as mães dos garotos esbravejando e amaldiçoando o juiz. Muitos pais como eu se contentavam em roer as unhas e observar o relógio que corria a passos de tartaruga a essa altura. Porém, alguns acharam mais fácil botar uma pilha no juizão que quase não olhava para os lados com medo de ser repreendido.

O clima estava mais quente que no Afeganistão em tempos de guerra. A nossa defesa insistia em tirar as bolas milagrosamente quando o perigo de gol era iminente. Final de jogo! Jockey classificado!

Tudo parecia acabado, mas aquela mãe que blasfemava contra a mãe do juiz decidiu partir para as vias de fato com outra mãe de um garoto do nosso time. Estopim aceso, queimou igual gasolina.

Aí, meu amigo, o pau comeu literalmente. A chinela cantou e sobrou sopapo pra tudo quanto era lado, principalmente entre as mulheres. Acreditem!

O coitado do Marcos teve que reencarnar o *Spider-Man* e pular sobre as escadas para não ser cercado pelo talibã que se instaurou no centro do gramado. Se não fosse trágico, seria cômico.

Futebol não é isso! É paixão, é emoção, é adrenalina, é drible, é gol de placa, é choro no fim do jogo, é grito de torcida.

Perderam o futebol e também muitos dos craques que presenciaram uma cena grotesca e bizarra dos próprios pais.

O meu pedido? NÃO À VIOLÊNCIA!

O bê-á-bá do amanhã

Tal como o primeiro passo é cambaleante, como as primeiras palavras demoram a ser balbuciadas, lembro-me como se fosse hoje da minha mãe fazendo os primeiros ditados comigo, em que a escrita daquelas simples sílabas era tão dura quanto completar uma maratona.

Eram horas a fio sentada, e muitas vezes de pé, a meu lado, repetindo e acompanhando palavra após palavra, sentença após sentença, um verdadeiro martírio para mim, mas principalmente para ela, que muitas vezes chegava a perder a paciência, porém permanecia firme e forte até o fim.

Passados quase 45 anos da minha iniciação escolar, hoje posso entender a real importância daqueles momentos de "castigo" para nós dois ali juntos. Um sofrimento de laços, vínculos que mais tarde seriam devolvidos em forma de carinho, de paciência e de muito amor. Tive o prazer de acompanhar minha mãe em uma de suas tarefas para exercitar a memória, em seu grupo de terapia ocupacional para o pessoal que sofre do mal de Alzheimer, em que a simples leitura de um texto, seguida da identificação da junção do "D" com o "E" — formando a sílaba "DE" — parecia uma escalada ao monte Everest. As informações estavam todas ali, porém conseguir comandar o cérebro a ir buscá-las e processar toda essa informação era quase impossível.

Quando me vi ali, a seu lado, tentando chegar ao cume da montanha, pude dar o real valor àquelas manhãs de anos atrás, e hoje as posições estavam invertidas, ela sentada e eu em pé, junto dela.

Confesso que as lágrimas encheram meus olhos. Foi uma mistura de alegria, saudade e vontade de voltar no tempo e poder aproveitar mais meus momentos de conexão com ela que, por tanto tempo, sempre esteve a meu lado.

Queria que um dia você pudesse ler isto e entender o tamanho da minha gratidão.

Te amo, mamãe.

Flores antes de uma primavera

Tenho a convicção de que as grandes lembranças que temos na vida muitas vezes estão ligadas a pequenos fatos e algumas atitudes que ficam e ficarão gravadas em nossa memória para sempre.

Este episódio realmente aconteceu comigo e com a princesa da minha casa em um momento muito especial da vida dela e que, com certeza, nunca mais será deletado nem esquecido por nós e por algumas testemunhas.

Era o primeiro semestre de 2018. Eu já tinha, até então, galgado mais de 24 anos de casamento, com muitas histórias e várias aventuras familiares, mas sem nunca haver perdido o brilho e a paixão de celebrar minha união com a Ju.

Dia dos Namorados, como de praxe, encomendei um belo arranjo de flores coloridas, escolhi pessoalmente uma peça que fosse causar o mesmo sorriso e aquele frio na barriga de anos atrás.

Como meu forte sempre foram as palavras, também tentei expressar por escrito tudo o que significava estarmos juntos por tantos anos e ainda assim poder achar tempo para fazer um dia melhor que o anterior. Mesmo que alguns arranhões e cicatrizes façam parte dessa caminhada.

O resultado foi como eu imaginava, ou melhor, foi muito melhor. Despertou uma oportunidade de fazer a diferença na vida da outra "mulher" da minha vida — no caso ainda não uma mulher. Mas esta é seguramente uma história digna de ser relatada e guardada para que ela mesma, um dia, reviva a emoção que sentiu naquele dia.

Quando cheguei em casa, a recepção foi recheada de beijos e de declarações. Uma alegria que foi compartilhada por toda a família. Primeiro, pelo mega-arranjo de flores que perfumava e dava mais vida à casa, e depois pelo simples fato de estarmos todos ali juntos. Simplesmente.

Notei minha pequena Manô num canto com seu celular sempre em punho e compartilhando qualquer coisa nas suas redes sociais.

Quando acabamos de jantar e fomos para o quarto, percebi que ela, Manô, estava na minha sombra e, assim que me deitei na cama, ela veio, se sentou a meu lado e me disse com um tom de desabafo:

— Papai, por que eu nunca recebi flores? A mamãe sempre ganha. Eu nunca. Isso não é justo!

Com toda a paciência, tentei explicar que, seguramente, ela ainda receberia muitas flores e que seriam tão lindas quanto ela é. Que deveriam significar muito, pois os pequenos gestos são guardados para sempre.

Ela deve ter ouvido, entendido, mas também se sentido incomodada, pois na mesma noite fui dar uma xeretada no Instagram dela e tinha uma foto do meu arranjo com a seguinte legenda: "UMA VIDA FLORIDA!", e muitos coraçõezinhos em seguida.

Aquilo me cortou o coração, mas também me deu uma excelente ideia: passadas duas semanas — esperei a poeira baixar e as lembranças passarem — resolvi tornar aquilo uma experiência única na vida dela.

Liguei para a escola, inventei que aquela era uma data especial para mim e para a Manoela — que naquela época tinha catorze anos —, perguntei se eu poderia mandar uma encomenda para a escola e se ela poderia ser entregue na sala de aula para a Manô.

Depois de alguma consulta, foi autorizado. Com a condição de que a encomenda chegasse ao final do dia, nas duas últimas aulas. Dito e feito! Pontualmente, às quinze horas, chega o entregador com um "senhor" arranjo de flores, e o mais importante: um cartão repleto de palavras que marcariam especialmente aquele dia.

Logo na entrada já foi um alvoroço. Ninguém estava entendendo e todos estavam se perguntando o que seria aquilo. E mais: para "quem" seria.

O pacote foi encaminhado para a diretoria que, àquela altura, também já estava num frenesi com os curiosos e os fofoqueiros.

— Eu não acredito que ele fez isso! — sussurrava a Dafni, secretária de longa data da escola que já me conhecia havia mais de uma década.

— Nossa! Ela vai morrer do coração! — disse a dona Zenilda, que era a responsável pela limpeza das salas de aula.

— Também, com aqueles olhos azuis hipnotizantes! — comentaram sobre a minha pequena Manô.

Era o assunto dos corredores do colégio.

Assim que o relógio se aproximou das três e meia, a própria Dafni se encarregou de levar as flores para a sala 214. Última aula do dia. Geografia.

Gentilmente ela bateu à porta, entreabriu e, ao colocar a cabeça dentro da sala, solicitou que a Manoela Arantes viesse retirar uma encomenda deixada para ela.

Com uma cara assustada num primeiro momento, quando o nome dela foi chamado, ela imaginou: "Vixi! Me ferrei! O que será que eu aprontei?".

Quando ela abriu a porta, viu o tamanho, as múltiplas cores e aquele perfume de flores do campo, não se aguentou: as lágrimas vieram sem ela mesma perceber. O coração acelerado bateu tão forte que ela podia senti-lo na veia do pescoço. O rubor e aquele calor tomou conta de seu rosto angelical.

Uma confusão de sentimentos. Vergonha, ansiedade, euforia, alegria, curiosidade. Tudo junto. Misturado com o maior de todos: muito AMOR.

Quando ela passou para dentro da classe com aquele arranjo — que praticamente cobria todo o seu corpo —, foi possível, de longe, escutar aquele sonoro "uau" que todos os amigos e amigas soltaram.

O sr. Wiston, professor de geografia, esperou pacientemente ela se dirigir até a carteira e, assim que ela se sentou, disse:

— Manô, desculpe-me, mas estamos todos muito curiosos!

Ainda enxugando as lágrimas que corriam e faziam brilhar aqueles olhos azuis hipnotizantes, ela pacientemente abriu o envelope e, quando leu as primeiras linhas — ali, naquele exato momento, estava eternizado o fato que mencionei no começo desta história: aquele pequeno detalhe que marca e que fica gravado em nossa vida —, abriu um simples, porém gostoso sorriso que teve o poder de iluminar e causar suspiros em todos os que contemplavam aquela cena.

Eu infelizmente não pude! Tive que utilizar minha imaginação até que ela me contasse os detalhes, mas sabia que aquele havia sido um momento mágico na vida da minha pequena princesa.

Logo em seguida, vieram os curiosos de plantão. Incluindo o sr. Wiston:

— Vamos, Manô! De quem são? Todos queremos saber!

— É do homem que mais me ama nessa vida! — disse ela, ainda com os olhos cheios d'água. — Meu pai!

Para que isso não ficasse restrito ao seletíssimo grupo que direta e pessoalmente participou daquele dia, pedi permissão para a protagonista e reproduzo aqui o teor da minha mensagem:

Meu amor,

Como num piscar de olhos, você cresceu.

Tornou-se uma mulher, ou melhor, deixou de ser criança e já é uma menina.

Uma menina com cara de mulher, mas com um coração de um bebê, da minha eterna bebê.

Foram muitas noites enroscados um no outro, quando você vinha no meio do seu sono se confortar e se proteger entre mim e a mammy. Saudades daquele tempo.

Posso dizer que te aproveitei, não me cansei de te beijar e de te esmagar por tantas vezes quantas consegui contar.

Falei que te amava outras tantas, e ainda pretendo dizer "EU TE AMO" muito mais e em todas as situações possíveis da sua vida. Até o dia que você não aguentar mais e aí sim terá a certeza de quão grande é esse meu amor por ti.

Talvez esta seja mesmo a primeira vez que você esteja recebendo flores. Haverá muitas outras ainda. Pelo menos de minha parte. Isso posso te assegurar!

Um dia você poderá escolher uma pessoa para estar com você por um beijo apenas, que seja, ou por outros encontros e que poderão durar alguns meses e, quem sabe, anos até.

Um dia, esse seu romance poderá se tornar um namoro, e poderão vir as desilusões, o sofrimento do primeiro amor, até mesmo aquele fora do menino MALA que ninguém da nossa família vai suportar.

Tudo isso poderá e vai acontecer com você, minha filhinha.

Quando você se lembrar dessas coisas que ainda viverá, vai tirar de dentro da sua gaveta este bilhete e, mais uma vez, vai ler o que está escrito aqui.

O melhor de tudo, amor meu, estarei a apenas alguns metros de distância de você, para, juntos, podermos dar risadas ou para que eu possa enxugar as suas lágrimas se algum <u>IMBECIL</u> te fizer sofrer.

Serei sempre o seu porto seguro, o seu melhor amigo, o grande homem da sua vida, aquele com quem você poderá contar em qualquer situação, seja para um último beijo de boa-noite, para ser a solução daquela encruzilhada que a vida te apresentou ou simplesmente para te mandar flores e transformar o seu dia ordinário em uma data especial e poder arrancar de você abriu mais um lindo sorriso, como o que você está agora, lendo esta carta.

Manô, nunca deixe de ser essa menina tão especial que você tem se mostrado ser, uma pessoa invejável e que é motivo de tanto orgulho, não só para mim, mas para a sua mãe também.

Lembre-se de que o seu GORDINHO estará sempre aqui para mais um dia difícil ou simplesmente para gritar "EU TE AMO", na beirada do campo ou da quadra.

EU TE AMO.

Muitos queriam saber o que estava escrito naquele pequeno bilhete que acompanhava as flores, mas ela o guardou para se deliciar somente com suas BFFs: Manu, Cesca, Chiara, Bella, Cata e Nina, que morreram de alegria. E nos corredores só se ouviam os "Ahhhh!" e os "Ohhhh!" admirados das melhores amigas pra sempre.

Tornando-se um adulto

No final de 2017, Diego, o II, se candidatou e conseguiu entrar em dezesseis das dezenove faculdades da sua lista de preferências — entre elas, estavam quatro da *Ivy League*, que é um grupo formado pelas faculdades mais bem ranqueadas nos Estados Unidos.

Numa família grande como a minha, os exemplos significam muito, em todos os aspectos. Jampa, o I, estava se formando na melhor faculdade de administração de empresas do Brasil, o Insper. Isso porque ele resolveu ficar por aqui no Brasil. Apesar de ter estudado em uma escola britânica, na qual, a preparação da redação e a de matemática são muito diferentes, Jampa, como todo bom Arantes, é cabeça-dura, cismou, estudou e entrou direto, mesmo sem fazer cursinho preparatório.

Entretanto, o feito do Diego realmente incomodou e mexeu com os brios dos meus demais filhos. O nível estava estabelecido e a pressão tinha começado, ao ponto de num dos nossos jantares tumultuados, quando ainda estávamos comemorando a cabeça raspada do Diego, Manô, a IV, nos dizer, com um sorriso sem graça no rosto:

— Pai, é o seguinte: não é porque o Jampa está se formando no Insper e o Diego fez o que fez, que você está esperando o mesmo de nós, os mortais Arantes, né?!

O Pedro ainda completou:

— Outra coisa, pai, nós somos bons alunos, mas o que esses dois fizeram acabou com nosso parâmetro. Você sabe das nossas limitações e da nossa capacidade.

Foi nessa hora que resolvi aproveitar o gancho e continuei.

— Filhos, é exatamente porque sei da capacidade de cada um de vocês que eu espero nada menos que tudo o que vocês puderem dar e, se isso significa menos ou mais do que o outro, para mim pouco importa. Desde que vocês tenham se esforçado e se empenhado ao máximo para conseguir seu objetivo. E digo mais, o curso ou o caminho que cada um de vocês vai seguir também é o que menos conta. O importante é acharem a vocação e tentarem ser felizes com aquilo que escolheram. Seja como engenheiro, economista, músico ou qualquer outra escolha, eu e a mamãe sempre os apoiaremos, mas como eu disse: tentem sempre fazer o melhor que puderem.

Olhos atentos e garfos em riste, à medida que o jantar foi se encaminhando para o final, Pedro, o III, que seria o próximo na linha de pretendentes a universitário, soltou a seguinte pérola:

— Diego, você sempre foi um ótimo aluno, todos nós sabemos, ok? Mas quando e como você decidiu que seu resultado seria o que foi? Como você conseguiu simplesmente modificar o rótulo dos Arantes, que todos nós carregamos na escola?

O Pedro questionava o grande feito do irmão, pois ao longo dos quinze anos de vida escolar no St. Paul's, meus filhos, os Arantes, sempre foram alunos — vamos dizer assim — agitados, e nós, eu e a Ju, que participávamos vigorosamente da vida escolar dos nossos filhos, por diversas vezes fomos convocados para longas reuniões com os coordenadores disciplinares e algumas poucas vezes com a diretora da escola, ou seja, nosso currículo de passagens pelos corredores do colégio era enorme. Nossa sorte é que, apesar disso, nossos filhos sempre foram bons alunos e tinham uma vida esportiva intensa na escola, sempre representando bem as seleções do St. Paul's, porém a questão disciplinar era uma "mancha".

— O que eu devo fazer para "virar a chave" e poder correr atrás de feitos como o seu, Diego? — perguntou o Pedro muito curioso.

O Di parou, pensou bem, olhou compenetrado nos olhos do irmão mais novo e disse:

— A primeira coisa, Pedro, é mudar sua atitude. Em todos os campos e aspectos. A parte acadêmica virá por consequência — começou ele. — Você deve alterar sua atitude com os professores, na sala de aula e até mesmo nos corredores da escola, e isso poderá te trazer um ativo que até então você não tinha, todos começarão a te olhar com outros olhos, com olhos de mudança — prosseguiu como um orientador. — É importante também você fazer um planejamento e elaborar uma tabela de estudos e atividades que deverá ser completada até você estar apto a se candidatar para uma vaga nas faculdades lá de fora, se você optar por estudar fora do país. Isso vai facilitar e otimizar seu tempo, te tornando mais eficiente. Mas o fundamental vai estar na sua mudança de atitude. Por exemplo, existe algum professor com quem você tenha alguma pendência, seja de comportamento ou de tarefas atrasadas que você ainda não resolveu? — indagou o Diego.

— Vixi! Tem um monte! — Pedro coçou a cabeça, olhando para baixo.

— Este é um começo! Mande um e-mail para cada um dos professores e diga como será sua conduta daqui para a frente e qual tipo de mudança eles podem esperar de você, mas tem que falar e fazer. Caso contrário, entrará em descrédito novamente — enfatizou o Diego.

Findo o jantar, fomos todos para nossos quartos e qual não foi minha surpresa quando, ao passar em frente ao quarto do Pedro, vejo a seguinte cena:

Pedro, sentado em frente ao computador, escrevendo um e-mail para seus tutores, e o Diego em pé, atrás do irmão mais novo, corrigindo e orientando como se expressar da melhor maneira naquele que seria o momento de inflexão nas atitudes e na vida acadêmica do Pedro dali para a frente.

Passaram-se os dias e vieram os meses subsequentes àquele jantar que marcou o ressurgimento de uma nova era para o Pedro dentro de suas prioridades e suas conquistas.

Alguns amigos meus que conheciam o Pedro de outros carnavais chegaram a brincar comigo e com a Ju para saber se o Pedro tinha sido abduzido por ETs ou se tínhamos feito algum tipo de lobotomia nele, tamanha a sua transformação como aluno e como pessoa. Naquele momento, ele resolveu se tornar um adulto.

Era início de 2018, e as primeiras provas para que ele pudesse se candidatar para uma vaga nas faculdades nos Estados Unidos estavam chegando. Todo aquele processo que ele enfrentaria seria estressante e muito difícil, pois se trata de uma seleção muito rigorosa para que as melhores universidades contem com os melhores alunos, assim como com os melhores indivíduos.

Foi quando, no dia 12 de março, resolvi deixar por escrito meu sentimento com relação ao Pedro; tudo aquilo que eu achava dele.

Segue aqui mais uma confissão de uma intimidade entre pai e filho que fez parte da minha vida como educador e amigo:

Querido Pedro,

Começa agora a primeira de muitas batalhas que você ainda terá pela frente em sua vida. Não serão pequenos os obstáculos nem fáceis as adversidades, mas a boa notícia é que, para você, tudo isso será facilmente engolido.

Eu nunca vi ninguém com o seu apetite pela vitória, enquanto você tiver forças e puder enxugar o suor do seu rosto e continuar lutando, eu sei que seguirá em frente.

Quando inventaram a palavra "IMPOSSÍVEL", esqueceram de te ensinar o real significado dela ou talvez você até o saiba, mas por isso mesmo insiste em provar para si mesmo que ele de nada vale, não para o PEDRO ARANTES.

Também conhecido como Nino, que vez ou outra lembra um dócil gatinho, mas na realidade é um leão em qualquer que seja o campo de atuação.

Tem um coração do tamanho do mundo e é capaz de derramar lágrimas por simples motivos, tamanha é a sua sensibilidade, mas tem a tenacidade e a frieza de uma ave de rapina.

Te admiro, meu filho, como admiro a poucos e seria capaz de apostar a MINHA vida no seu sucesso!

Continue sempre assim, trazendo orgulho e glórias para todos nós da sua família, mas principalmente para mim, que sou seu maior e eterno fã!

Boa sorte em todos os seus novos desafios e que eles sejam tão duros quanto a sua vontade de vencer!

Parabéns por sua mudança de atitude desde o dia em que você decidiu ser um homem melhor!
MUITO ORGULHO DE VOCÊ.
UM BEIJO DO SEU PAI QUE TE AMA,

RICK

Epílogo

Caro amigo leitor, consegui colecionar e ordenar ao longo destes anos alguns entre tantos causos e histórias, dos quais, em sua maioria, participei.

Quando os escrevi, minha intenção foi levar você para dentro da cena em questão, seja como mero ouvinte, ou quem sabe para buscar uma experiência já vivida.

Não existe um modelo ideal de família, nem tampouco uma fórmula mágica para criar filhos, porém uma coisa é certa: bom senso e amor em abundância nunca são demais.

Confesso que publicar esta primeira obra me trouxe grande satisfação e foi uma terapia impossível de ser descrita — e deliciosa de ser vivida. Possibilitou-me fazer uma viagem pelo passado, uma autocrítica de meus erros e me fez deleitar com os acertos. Você deveria fazer o mesmo qualquer dia destes, vale muito a pena.

São diversos momentos juntos, e fatos corriqueiros do dia a dia que podem facilmente ser esquecidos, porém os pequenos detalhes e as reações de seus personagens dão o tom à nossa vida e a tornam mais colorida.

Depois de ter chegado a estas últimas páginas, acredito ser interessante compartilhar com você um texto que recebi de um de meus filhos quando completei 48 anos de idade. Talvez esse texto reflita um pouco do resultado de tanto esforço e de toda a entrega como pai e também como amigo em toda a trajetória que eles seguem — até um dia voarem por conta própria.

Espero que você tenha aproveitado esta viagem lendo todas as histórias, assim como eu as aproveitei como participante e registrando cada instante.

***

Querido pai,

Queria começar dizendo "parabéns"!

Hoje é um dia especial.

O aniversário é seu, mas o presente é da família Arantes.

Todo ano você acha novas maneiras de me surpreender, mesmo eu pensando que você já tem tudo descoberto.

Você nunca falhou em me mostrar como é ser um verdadeiro ser humano e sempre transmitindo muito amor, carinho, felicidade e sinceridade para todos nós – seja para seus cinco filhos ou qualquer um que esteja em seu caminho –, não importa a circunstância.

Mesmo que seu dia esteja difícil, você torna sua missão conseguir fazer com que nós, a "family", estejamos felizes.

Seu carinho e sua atenção diante daqueles que você ama são extremamente inspiradores. Eu, como seu filho, posso te garantir que isso não passa despercebido.

Eu sei que as coisas nem sempre foram fáceis, mas você sempre me mostrou que, quando estivermos passando por uma tempestade, o importante é sair do outro lado mais forte, mais sábio e sempre com um grande sorriso no rosto.

Esta é uma das maiores lições que eu pude aprender, e tenho orgulho de dizer que a aprendi com você.

Obrigado por me ensinar a não exigir muito de mim.

Obrigado por me mostrar como me defender.

Obrigado por me mostrar como ter compaixão e me manter firme nas minhas decisões.

Obrigado por acreditar em mim, quando eu não pude.

Você sempre foi meu maior fã, torcendo em todos os momentos da vida desde as inúmeras provas de triátlon e até mesmo na noite em que saíram os resultados das faculdades.

Apenas saiba que você é meu maior herói, e que eu nunca me esquecerei de todas as pescarias, as noites de preguiça, os jantares calorosos e tudo que fazemos juntos.

Eu com certeza posso dizer que sou uma "criança" de sorte, consegui na minha vida um homem "dois em um": um pai e um melhor amigo, ambos em uma mesma pessoa.

Obrigado por sempre segurar minha mão, e obrigado também por saber quando me deixar ir embora.

Eu sinto que você sempre estará por perto, não importa a distância física.

Se eu crescer e conseguir ser metade da pessoa que você é, saberei que fiz algo certo.

Eu te amo infinitamente, no seu aniversário e sempre.

Um beijo com muito amor,

Di

***

Até as próximas histórias...

Este livro foi publicado em maio de 2019 pela Companhia Editora Nacional.
CTP, impressão e acabamento pela gráfica Cipola, em Campinas-SP.